Tucholsky   Wagner   Zola   Scott
Turgenev   Wallace   Fonatne Sydow   Freud   Schlegel

Twain   Walther von der Vogelweide   Fouqué   Friedrich II. von Preußen
              Weber   Freiligrath
Fechner   Fichte   Weiße Rose   von Fallersleben   Kant   Ernst   Frey
                                                        Richthofen   Frommel
           Engels   Fielding   Hölderlin
Fehrs   Eichendorff   Tacitus   Dumas
            Faber   Flaubert   Eliasberg   Ebner Eschenbach
Feuerbach   Maximilian I. von Habsburg   Fock   Eliot   Zweig
                        Ewald   Vergil
        Goethe   Elisabeth von Österreich   London
Mendelssohn   Balzac   Shakespeare
                Lichtenberg   Rathenau   Dostojewski   Ganghofer
     Trackl   Stevenson   Doyle   Gjellerup
Mommsen   Tolstoi   Hambruch
          Thoma   Lenz   Hanrieder   Droste-Hülshoff
Dach   Verne   von Arnim   Hägele   Hauff   Humboldt
        Reuter   Hauptmann
   Karrillon   Rousseau   Hagen   Gautier
             Garschin   Baudelaire
      Damaschke   Defoe   Hebbel
                     Descartes   Hegel   Kussmaul   Herder
Wolfram von Eschenbach   Dickens   Schopenhauer
     Bronner   Darwin   Melville   Grimm Jerome   Rilke   George
     Campe   Horváth   Aristoteles   Bebel   Proust
Bismarck   Vigny   Barlach   Voltaire   Federer   Herodot
                 Gengenbach   Heine
 Storm   Casanova   Tersteegen   Gilm Grillparzer   Georgy
          Chamberlain   Lessing   Langbein   Gryphius
Brentano   Lafontaine
 Strachwitz   Claudius   Schiller   Schilling Kralik   Iffland Sokrates
      Katharina II. von Rußland   Bellamy
                            Gerstäcker   Raabe   Gibbon   Tschechow
 Löns   Hesse   Hoffmann   Gogol   Wilde   Gleim   Vulpius
Luther   Heym   Hofmannsthal   Klee   Hölty   Morgenstern
    Roth   Goedicke
        Heyse   Klopstock   Kleist
Luxemburg   Puschkin   Homer   Mörike
   Machiavelli   La Roche   Horaz   Musil
Navarra Aurel   Musset   Kierkegaard   Kraft   Kraus
                       Lamprecht   Kind   Moltke
Nestroy Marie de France   Kirchhoff   Hugo
                             Laotse   Ipsen   Liebknecht
  Nietzsche   Nansen   Ringelnatz
        Marx   Lassalle   Gorki   Klett
von Ossietzky   Leibniz
         May   vom Stein   Lawrence
Petalozzi   Knigge   Irving
     Platon   Kafka
  Sachs   Pückler   Michelangelo   Kock
         Poe   Liebermann   Korolenko
      de Sade Praetorius   Mistral   Zetkin

Todte Treue

Ottilie Wildermuth

Impressum

Autor: Ottilie Wildermuth
Umschlagkonzept: toepferschumann, Berlin

Verlag: tradition GmbH, Hamburg
ISBN: 978-3-8424-1219-4
Printed in Germany

Ottilie Wildermuth

Aus dem Frauenleben. Zweiter Band.

1862

Todte Treue

Allzu tief versinkt oft in der Wehmuth
Fesselloses Sehnen, wessen Wille
Sich nicht lauter zu der Sonne wendet.
Täuschend hüllet wohl verborgnen Bannes
Schmerzgefühl sich in der milden Klage,
In der stillen Sehnsucht Trauerkleider.
Scheue nicht! zerreiße solche Flore!
Treuer Wille wieget mehr als Wehmut.

A. Knapp.

*

Es war ein grauer Herbstabend; seltsame, gespenstische Wolken-
gebilde zogen in raschem Flug am Horizonte hin; die Zeit der
wehmüthig schönen Herbsttage war vorbei, über die Erde zog nicht
mehr das süße schmerzliche Weh des Scheidens, mit dem sie dem
schwindenden Sommer das Geleite gibt; es war das dumpfe Ver-
missen, mit dem nach einem Abschied der Zurückbleibende in ein
verödetes Haus zurückkehrt. Etwas von diesem Gefühl schien sich
auch in den Zügen, in dem freudlosen Blick einer Frau zu spiegeln,
die, selbst noch nicht im Spätherbst des Lebens, am Fenster des
Pfarrhauses zu Düsterfeld saß und dem Zug der fliegenden Wolken
nachblickte.

Sie war gar manchen Tag schon da gesessen, seit der Pfarrer sie
als seine allbewunderte, schöne Braut in dieses Zimmer eingeführt;

aber niemand hatte lange Jahre ein glückliches Lächeln, einen frohen Blick auf diesem schönen, regelmäßig gebildeten Gesicht gesehen; nie, auch als junge Frau nicht, hatte sie sich in helle, farbige Gewänder gekleidet, der einzige Wechsel ihrer Toilette war von Schwarz zu Grau, von Grau zu Braun. Ihr Wohnzimmer selbst trug den starren, farblosen Charakter ihrer eigenen Erscheinung: sauber erhaltene Möbeln, mit grauem Tuch bezogen, die Tische, Kommoden und Schränke ohne Staub, aber auch ohne ein Zeichen, daß das Zimmer von lebendigen Menschen bewohnt war, alles wohl verschlossen und aufgeräumt; da lehnte in der Fensterecke keine Pfeife, die gezeigt hätte, daß sich's der Hausherr hier zuweilen behaglich mache, kein vergessenes Arbeitsgeräth, an dem man gesehen, daß die Hausfrau etwa ein Weilchen an des Mannes Seite gearbeitet und geplaudert hatte, kein Buch, kein Blumentopf, kein Spätblümchen aus dem Garten, der auch zur Blüthenzeit wenig Blumenflor zeigte – eine leblose Ordnung; es schien alles im Zimmer so gewachsen und seit Jahren nicht verrückt worden zu sein.

Und auch im ganzen Umkreis des Hauses wehte dieser kühle, austrocknende Hauch. Die geraden Beete des Gartens wurden zwar im Sommer unter der Aufsicht der Frau Pfarrerin mit Küchengewächsen bepflanzt, aber kein Blumenbeet zeigte Spuren der freundlichen Liebhaberei einer Hausfrau; in den Rabatten wuchs fort, was etwa schon unter dem früheren Pfarrer gepflanzt worden war; die Laube, früher der Sammelort gemüthlicher Freunde, der Tummelplatz einer muthwilligen Kinderschaar, war längst zusammengefallen, der Hof vor dem Hause glich einem begrasten Kirchhof, die Läden, die nach vorne gingen, waren immer geschlossen; wer noch veranlaßt war, das unfreundliche Haus zu betreten, der mußte durch eine Hinterthür eingehen.

Es bestand hier aber auch nicht der lebendige Verkehr, der sonst wohl ein Pfarrhaus zum Mittelpunkt des Dorfes macht. Keine Nachbarin, schlüpfte mit einer Schürze voll Eiern in das Pfarrhaus, um bei der Gelegenheit der Frau Pfarrerin ihr Herz ausschütten zu können, kein Kind mit linkischer Höflichkeit, ängstlich und vergnügt zugleich, daß es ins Pfarrhaus durfte, brachte von der Mutter ein Metzelsüppchen, das mit freundlichen Worten und einem kleinen Geschenk vergolten wurde, kein verschämtes Brautpaar stellte sich lächelnd und erröthend den Blicken der Frau Pfarrerin dar und hörte ihre herzlichen Glückwünsche und Ermahnungen an, keine bekümmerte Mutter bat zutraulich um ein Labsal für ihr krankes Kind. Das kühle, theilnahmlose Wesen der Frau, das die Leute für lauter Hochmuth hielten, hatte längst die meisten verscheucht; nur die Bettler gemeinster Sorte, die mehr auf großes Salair als auf gute Behandlung sehen, und Leute, die amtlichen Verkehr mit dem Pfarrer hatten, betraten noch das versteinerte Haus.

Und wo war denn der Pfarrer, der beneidenswerthe Besitzer dieses geordneten Etablissements, das Haupt dieses geräuschlosen Hauses? Der saß oben in seiner Studirstube und rauchte seine Pfeife und studirte, und in dem Zimmer daneben saß der Vikar und rauchte seine Cigarre und studirte auch. So saßen sie vom frühen Morgen, wo ihnen das Frühstück auf's Zimmer gebracht wurde, bis zum Mittag, wo die Magd zum Essen rief. Die Mahlzeiten selbst trugen ein gewisses freudloses Gepräge; keine besondere Ueberraschung, kein abgelauschtes Leibgericht unterbrach die regelmäßige Wochenordnung, in der sich die Speisen folgten. Freilich litt man auch nie unter den Drangsalen einer Wäsche oder Hausreinigung; alles war regelmäßig, ordentlich und kühl. Schweigsam wurde die Mahlzeit eingenommen, schweigsam machte der Pfarrer mit dem Vikar einen Spaziergang nach Tisch, bis sich jeder wieder in seine Rauchhöhle zurückzog, wenn nicht ein amtliches Geschäft den einen oder den andern abrief, oder wenn sie sich nicht durch einen Gang in die ziemlich entlegene Stadt für die trostlose Oede ihres Aufenthalts entschädigten.

Nur ein Gegenstand im Wohnzimmer war ein Augentrost für den Vikar, wie für jeden, der genöthigt war, es zu betreten, eine frische grüne Oase inmitten einer Sandwüste, auf der das Auge gern ausruhte. Es war das Bild eines jungen, hochgewachsenen, blühend schönen Mädchens, in der idealen Kleidung, mit der sich zu Anfang dieses Jahrhunderts geistvolle Künstler dem Ungeschmack der Mode zu entziehen wußten. Ein weißes, faltiges Gewand umschloß die schlanke Gestalt, die blonden Haare schmückten Kornblumen und in der einen ausgestreckten Hand hielt sie einen vollen Lorbeerkranz, wie bereit, um einen Sieger zu krönen. Der junge Vikar war von Anfang an so niedergedrückt worden durch die Eisluft des Hauses, daß er nie nach dem Bild zu fragen gewagt hatte. Der Pfarrer hatte ihm aber anvertraut, es sei das Porträt seiner Frau aus jungen Tagen, das diese schon lang in eine obere Kammer habe verbannen wollen; er habe aber durchgesetzt, daß es bleibe. Seitdem war es ein fortgesetztes Studium für den Vikar, das ihm die trostlose Einförmigkeit des Tages etwas verkürzte, in den steinernen Zügen der früh gealterten Matrone die Spuren des schönen Jugendbildes zu suchen, und sich auszudenken, wie es wohl gekommen, daß diese jugendliche Victoria zu dem grauen Steinbilde geworden, das hier Haus und Herzen verdüsterte.

*

Ein ungewöhnliches Ereigniß unterbrach heute die gewohnte Stille des Abends. Der Bote, welcher Briefe und Zeitungen von der Stadt brachte, war wie gewöhnlich in des Pfarrers Stube hinauf gestiegen; die Pfarrerin las keine Zeitungen und erhielt keine Briefe; nicht daß sie überhaupt nichts gelesen hätte, sie galt sogar für eine gelehrte Frau, sie las Griechisch und Latein und hatte ihre regelmäßige Abendstunde, die sie der Lektüre der Classiker widmete, aber die Ereignisse der Gegenwart ließen sie ohne Interesse und Theilnahme. Es war daher wirklich eine Begebenheit, als der Pfarrer, kurz nachdem der Bote das Haus verlassen, eilig zu seiner Frau herabkam, und sie selbst sah etwas verwundert von ihrer Arbeit auf.

»Ein Brief von Julie,« sagte der Pfarrer, dessen Stimme von tiefer Bewegung zeugte. – »Von Julie?« fragte die Frau, ließ die Arbeit sinken und griff nach dem Brief; »es sind ja erst acht Tage, seit sie geschrieben.«

Julie war ihr einziges Kind, seit lange bei der Großmutter, und sie hatte die Erlaubniß oder die Weisung von der Mutter, alle vierzehn Tage regelmäßig zu schreiben, was ebenso regelmäßig beantwortet wurde. Der Brief enthielt in den unschuldigen, fast noch kindischen Zügen einer jungen Mädchenhand die wenigen Worte:

»Liebe Eltern, die gute Großmutter ist todt. Sie ist in dieser Nacht ganz unerwartet sanft eingeschlafen, nachdem sie noch Abends ihr Lieblingslied gebetet hatte: »Wer weiß wie nahe mir mein Ende.« Ich kann euch nicht sagen, wie betrübt es hier ist. Uebermorgen ist die Beerdigung, ich hoffe, der liebe Vater kommt und nimmt mich mit nach Hause. Tante Meier ist hier, die alles besorgt. Ich freue mich zu euch,

eure tiefbetrübte
Julie.«

»Meine gute alte Mutter! Gott sei gedankt für ihr sanftes Ende!«
sagte der Pfarrer im tiefsten Leid; auch die Augen der Frau waren
feucht, sie hätte wohl gern einen Weg gefunden über den Eissee
zwischen ihren Herzen. – »Du wirst morgen früh abreisen müssen,«
sagte sie, »soll ich mit dir gehen?« – »Ich kann dir's nicht zu-
muthen,« sagte der Pfarrer; »du weißt, es ist kein ordentliches Ge-
fährt hier, ich muß sehr früh gehen und schnell reisen, das wäre zu
anstrengend für dich.« – »Wie du willst,« sagte sie wieder kurz und
schickte sich an, für den Trauerflor und die Vorbereitungen zur
Reise zu sorgen.

Der Pfarrer war zur Abreise gerüstet, er gehörte nicht zu den
verwöhnten Männern, die wie ein Kind überall der Dienste und
Pflege einer zärtlichen Hand bedürfen; er hatte lernen müssen, für
sich selbst zu sorgen; nur was so eigentlich nach strengem Recht in's
Gebiet der Hausfrau gehörte, daran ließ es diese nicht fehlen. Und
doch schien diesen Morgen ein etwas weicheres Element zwischen
die Gatten eingedrungen, ging doch der Pfarrer zu seiner Mutter
Leiche. Aber wenn dies der Frau den Wunsch erregte, ihm etwas
Liebe und Theilnahme zu zeigen, so verkühlte *ihn* wieder der Gedanke, wie er nun das letzte liebende Herz verliere, und wie auch
die Mutter wenig Liebe und Freude genossen habe von dieser Tochter. Es ist so schwer, die Brücke zu finden, die entfremdete Herzen
wieder zusammen führt!

»Ich bringe Julien mit zurück,« sagte der Pfarrer, dem in der
Hoffnung auf das lang vermißte Kind ein plötzlicher Freudenstrahl
aufging. »Natürlich,« sagte die Mutter. – »Nun, sorge nur,« fuhr der
Vater fort, »daß das arme Kind, das aus dem Trauerhause kommt,
einen freundlichen Eintritt in die Heimath hat; richte ihr ein hüb-
sches Stübchen ein, das ist eine Freude für junge Mädchen. Im Alkoven bei dir hat sie nicht mehr Platz, sie muß doch auch ihre Sie-
bensächlein unterbringen können, die untere Hinterstube ist so groß
und kalt, die neben mir hat der Vikar; es bleibt wohl,« setzte er etwas zögernd hinzu, »nur das obere Hinterstübchen übrig, das hat
auch die freundlichste Aussicht.«

Der Pfarrer hatte lange nicht so viel mit seiner Frau gesprochen; sie hatte ein freundliches Abschiedswort, einen herzlichen Gruß an die Tochter auf den Lippen gehabt, des Gatten letzte Worte verschlossen ihr wieder Herz und Mund.

»Also *darauf* ist's abgesehen!« murmelte sie, als der Pfarrer abgefahren war; »die letzte Erinnerung will man mir nehmen!« Und mit ihrem gleichmäßigen, geräuschlosen Schritt stieg sie hinauf in das obere Stübchen, wirklich das freundlichste des Hauses, das unbetretene Heiligthum, zu dem nur sie den Schlüssel hatte. Das Zimmer enthielt in einer Ecke zusammengestellt wenige Möbeln und Betten, die eben nicht im Gebrauch waren. Eine Wand aber war frei gelassen, nur ein weiß bedecktes Tischchen, fast wie ein Altar, stand daran, an der Wand aber war eine Kriegstrophäe aufgehängt, einige Waffen, eine Fahne, eine Feldbinde, wie sie die Lützow'schen Jäger getragen; darunter, in einem Cypressenkranze hing ein kleiner Schattenriß.

Die Pfarrerin, die so lang schon glaubte, keine Thränen mehr zu haben, brach in Weinen aus, als sie die Trophäe betrachtete, zum letztenmal, wie sie dachte. »Auch *das* noch!« sagte sie sich mit der finstern Genugthuung eines freudlosen Herzens, das im Unglück schwelgt; »auch das letzte soll ich hingeben!« Und leise und langsam löste sie eines um das andere ab und legte es in einen Koffer; nicht Ein Gedanke in ihrer Seele an ihr einziges Kind, dem sie eine freundliche Heimath bereiten sollte, sie dachte nur an ihr begrabenes Leid, an das schwere Unrecht, das ihr widerfahre, als sie den Koffer schloß, die letzte Spur von dem Trauerschmuck des Zimmers entfernte, und dann langsam herab stieg und der Magd Anweisung gab, wie sie das Zimmer zu rüsten habe. Dann sank sie auf das Sopha, deckte ihr Gesicht mit den Händen und kehrte noch einmal zurück in die Vergangenheit, zu dem lange begrabenen Liebesfrühling ihres Herzens.

*

Jenes schöne Bild an der Wand war seiner Zeit keine Lüge gewesen. So jung, so schön, so blühend und hoffnungsreich hatte Elise einst in's Leben hinaus gesehen, die jetzt so erstarrt, so freudlos, so wenig freudebringend in so dumpfer Resignation von einem Tage zum andern hinlebte. Ein reicher goldner Frühling war ihr beschieden gewesen, und kein Maler könnte die glühenden Farben wieder geben, in denen sich ihr junges Herz einst die Zukunft ausgemalt hatte – die Zukunft, die nun Grau in Grau so öde vor ihr lag.

Die Poesie des Herzens ist nicht an äußere Umgebungen gebunden, kühle steinerne Städte haben poesiereiche Gemüther groß gezogen, und doch ist für eine innerlich reiche Natur gewiß die Kindheit und Jugend auf dem Lande genußvoller und schöner als in der Stadt. Die Wonne der Einsamkeit, des unbewußten, träumerischen, ungesuchten Verkehrs mit der Natur ist so fruchtbringend für die innere Entfaltung, und Elise hatte diese unverkümmert in reicher Fülle genossen.

Sie war die Tochter eines wohlhabenden Landpfarrers und theilte den Unterricht des Vaters, die Freuden des Elternhauses mit einem einzigen Bruder. Ihre Erziehung war von der anderer Mädchen sehr verschieden. Der Vater, der früher Lehrer gewesen, wollte die Kinder allein unterrichten, er theilte ihnen mit, was er selbst wußte, neue Sprachen waren Nebensache, aber Griechisch und Lateinisch konnte er nicht früh genug den Kindern beibringen, um ihnen die Schätze des classischen Alterthums aufzuschließen, und obgleich Elise ein Jahr jünger war als ihr Bruder, so hielt sie doch durch rasche Fassungskraft und glühenden Eifer gleichen Schritt mit ihm.

Statt Kindermärchen und Romanen waren Cornelius Nepos, Livius und Julius Cäsar die erste geistige Nahrung des Mädchens, und was diese Schulbildung ihr hätte Trockenes geben können, das ersetzte ihre eigene poetische Begabung, die durch die anmuthige Umgebung ihres Heimathorts genährt wurde. Auch wehte damals neben dem trockenen Rationalismus in Glaubenssachen ein sentimentaler Hauch durch die gebildete Welt, dem kein Herz sich ganz entziehen konnte.

Einen Nachtheil hatte Elisens Erziehung: die Mutter hatte zu wenig Einfluß auf sie. Gewiß ist es schön und gut, wesentlich und fruchtbringend für die innere Entwicklung, wenn der Vater sich der Erziehung der Töchter annimmt; wo aber diese väterliche Erziehung den Einfluß und die Geltung der Mutter zurückdrängt, da entsteht leicht ein gewisser Vaterkultus, der ein sicheres Zeugniß einer einseitigen Bildung ist, wo er sich findet. Es hat etwas Verletzendes, wenn »der Vater« das dritte Wort im Munde eines Mädchens ist, wenn die töchterliche Zärtlichkeit gegen ihn einen sentimentalen, die väterliche einen chevaleresken Anstrich hat, und die Mutter nichts als die gute Frau ist, die kochen darf und Strümpfe flicken und ihre talentvollen Töchter bewundern. Es mag dies oft durch die Verhältnisse, durch den Bildungsgrad der Mutter bedingt sein, es sieht auch zu Zeiten recht hübsch aus, aber es ist und bleibt etwas Verkehrtes.

Elise fügte sich freilich auch den Wünschen der Mutter, so weit sie der Vater unterstützte; sie nahm sich häuslicher Geschäfte an, wo es nöthig war, ihr Verstand und ein natürliches Geschick unterstützten sie hierin; aber ihre Seele legte sie nie in diese kleinen Sorgen, sie lebte in der Welt des Alterthums, in Träumen von großen und herrlichen Thaten, von ungeheuren Entsagungen und Opfern für das Vaterland.

In den Lehrstunden beim Vater wurden die Alten studirt, mit dem Bruder, der von dem nicht entlegenen Gymnasium gar häufig in der Heimath verweilte, las sie neuere Dichter, berauschte sich in ihrer glühenden Sprache und machte begeisterte Pläne zur Hebung und Rettung des Vaterlandes, dessen Erniedrigung und Unterdrückung damals schon begann. Aber wenn sie allein war, allein an den anmuthigen Ufern des Flusses, der an ihrem Heimathort vorbei floß, allein auf der kleinen felsigen Anhöhe, wo sie sich von wilden Reben eine Laube gebildet hatte und hinaus blickte in die duftige Ferne, in das sonnige Land, da wachte ein warmes klopfendes Mädchenherz auf und goldene süße Bilder einer schönen Zukunft stiegen vor ihr empor. Sie träumte von der verwandten Seele, in der sie die schönere, reichere Seite ihres eigenen Wesens wieder finden würde, von einer Sonne, die alle verhüllten Blüthen ihres tiefsten Innern zum Leben entfalten werde, von einer Eiche, die sie als Epheu umranken könnte. Man nannte sie stolz, sie wollte es sein, aber ach, mit welch unendlicher Demuth wollte sie sich neigen vor dem »hohen Stern der Herrlichkeit,« der ihr einst aufgehen mußte! Und während dieser geträumte Stern reich sein sollte an tiefem Wissen, an Talenten und geistigen Schätzen aller Art, sollte er zugleich ein Vorbild ritterlicher Herrlichkeit sein, ein Kämpfer für die Freiheit des Vaterlandes.

Wenn sie aus solcher Welt der Träume von ihren einsamen Gängen nach Hause zurückkehrte und die Mutter sie bat, doch nach der Suppe zu sehen, oder sie empfing mit dem Seufzer: »Nun denk' aber, jetzt schickt der Julius heut seine Waschküste, nachdem man vorige Woche die große Wäsche gehabt!« da lächelte sie mitleidig wie eine Göttin aus Wolken über diese kleinlichen Sorgen. War sie einmal Frau, *sie* wollte zeigen, was eine schöne, freie Häuslichkeit sei, unbeengt von diesen Mühseligkeiten, die sich ja nebenher abmachen ließen. Die Mutter war eine herzliche, gemüthliche Frau von einfacher Bildung und gesundem Verstand; aber seit der Geist der Tochter seinen hohen Flug genommen, seit der Vater nur in Bewunderung seines Kindes aufging, fühlte sie sich mehr und mehr zurückgedrängt, verschüchtert, wohl manchmal auch verbittert, wenn sie nicht wieder in der Zärtlichkeit ihres Sohnes Trost gefunden hätte. Das geduldige Lächeln, mit dem Elise ihre Lehren und Bemerkungen anhörte, wenn, sie je noch solche aussprach, brachte sie mehr aus der Fassung, als der entschiedenste Widerspruch gethan hätte. Sie schwieg, und wenn sie die Geringschätzung ansah, mit der Elise sich abwandte von den kleinen Lebenssorgen, die in das Gebiet der Frau fallen, von allen Menschen, die nicht in die höhere Klasse der Wesen gehörten, zu der sie sich zählte, wenn sie sah, wie die Tochter unter Menschen umher wandelte im beständigen Gefühl, »unter Larven die einzige fühlende Brust« zu sein, da seufzte sie bedenklich: »Wer da steht, der sehe zu, daß er nicht falle!«

Gegen alle Männer, die in ihren Bereich kamen, und gegen deren Aufmerksamkeit blieb Elise kalt. In ihrem Tagbuch stand:

> Einmal nur, doch dann zu Lust und Qual,
> Neigt mein Herz zu seines Herrschers Wahl,
> Und sein Reich wird Ewigkeiten dauern.

Der Herrscher sollte kommen. – Der Bruder war zur Universität abgegangen. Ein hochgeehrter Verwandter des Hauses war Professor in Jena, und dies bestimmte die Eltern, ihn dorthin zu senden. Die Trennung war schmerzlich, aber die Korrespondenz mit dem fernen Bruder wurde nun erst recht eine Quelle des Genusses für Elise. Das rege geistige Leben, das damals, von den höchsten Geistern angeregt, unter allem politischen Druck fortglühte, die wachsende Sehnsucht nach Abschüttlung des fremden Jochs, die Hoffnungen für die Zukunft des Vaterlandes, die kaum wagten, sich in geheimnißvollen Andeutungen auszusprechen, das alles hielt sie in beständiger Aufregung. Sie glaubte oft den schleppenden Gang der Alltäglichkeit nicht mehr ertragen zu können. Glück, und Glück in unerhörter, wunderbarer Gestalt forderte sie vom Himmel, und in jugendlicher Vermessenheit bot sie dem Geschick ihr ganzes Leben zum Opfer an, wenn sie nur Einmal, nur Einmal recht und voll glücklich gewesen sei.

Es war im März, in den ersten goldenen Tagen, wo die Sehnsucht nach dem heranziehenden Frühling fast noch süßer und mächtiger ist, als die volle Schönheit des Frühlings selbst, wo das Herz einen unaussprechlichen Zug in die Weite fühlt, wo die hellsten Träume von der Zukunft wach werden, während der schönste, sonnigste Herbsttag nur wehmüthig süße Erinnerungen wecken kann. Elise war spät erst vom Spaziergang zurückgekommen und saß beim eben angezündeten Licht am Tisch mit den Eltern, da tönten die Hufschläge rascher Pferde durch's Dorf herauf. »Um Gotteswillen, Feuerreiter!« rief die Mutter. In dem Augenblick hielten die Reiter vor dem Pfarrhaus und laut und heftig wurde die Hausglocke gezogen. Erstarrt vor Schrecken, vor Furcht einer nahen Trauerbotschaft, blieb die Mutter sitzen. Elise eilte rasch mit dem Licht hinunter und öffnete die Hausthür, während Knecht und Magd in der Küche bestürzt herumrannten und sich in abenteuerlichen Vermuthungen erschöpften.

Zwei junge Männer sprangen von schäumenden Rossen; das volle Licht des Mondes fiel auf die schöne, edle Gestalt eines Jünglings, der sich, glühend vom raschen Ritt, vom Rosse schwang und wie träumend das blühende, schlanke Mädchenbild anstarrte, das mit der Kerze vor ihm stand, Elisen, die in dem Einen Augenblick begriff, daß hier die wunderbare Erfüllung aller ihrer Traume vor ihr stehe. »Elise!« rief der andere, als er abgestiegen war, und Elise hielt den Bruder umschlungen.

Nun kam der Vater, und aus lauter Angst folgte ihm die Mutter, es kam der Knecht und kam die Magd; es ging an ein Fragen, Verwundern, Ausrufen, Julius bat aber um Stille, übergab dem Knecht die Pferde und führte den Freund schnell in's Haus. Während der alte Johann die schönen abgehetzten Thiere zum alten, gesetzten Pfarrgaul in den Stall brachte, hatten sich die unerwarteten Gäste in der Stube gesetzt, die Mutter, noch zitternd vor Schrecken, hielt ihres Sohnes Hand in der ihren, und vermochte kaum zu sprechen; Elise, die der Herzensinstinkt mit Einemmal zur flinken Hauswirthin gemacht, flog leicht und rasch hin und her und brachte alles, was das gut eingerichtete Haus zur Stärkung und Erquickung der müden Reiter vermochte. Der Fremde folgte ihren anmuthigen Bewegungen mit leuchtenden Blicken.

Der edle Eilfer des Pfarrkellers hatte die Reisenden gestärkt, Julius zog die geschäftige Elise neben sich nieder und begann: »Nun sollt ihr hören, warum wir hier sind. Vater! Elise! die Zeit der deutschen Schmach ist vorüber. Da leset die Worte eines Königs!« Und mit erhobener Stimme las er den Aufruf des Königs von Preußen an sein Volk. Elise hing an seinem Munde mit strahlendem Gesicht. »Und nun, Vater,« schloß Julius, »ist die Stunde gekommen, wo es keinen Beruf mehr gibt, als den Kampf für's Vaterland; hier bin ich nun, mir euern elterlichen Segen zu erbitten; mit meinem Freund, Graf Falkenschwerdt, trete ich in ein Freicorps, das sich mit Bewilligung des Königs bildet. Gott segne unsere Waffen, Gott muß sie segnen, es gilt der guten Sache!«

Die Mutter faltete erschrocken die Hände und blickte todtbleich mit nassen Augen auf ihren Liebling, den Sohn ihres Herzens, der aus dem ebenen, gebahnten Pfad seines geistlichen Berufs auf einen felsigen, halsbrechenden Weg fortgerissen wurde. Jetzt schon kämpfte ihr Herz den Schmerzenskampf des letzten Abschieds. Elise weinte nicht, sie bebte nicht, sie sah den Bruder und den Fremden mit glänzenden Augen an, als Geweihte für's Vaterland; kein Wort der Abmahnung kam auf ihre Lippe, kein Gedanke der Furcht in ihre Seele, es *mußte* sein; ein berauschendes Gefühl von Glück kam über sie, nun endlich war sie eingetreten in die Welt des Großen und Wunderbaren, von der sie seither nur geträumt.

»Du vergißst, Julius,« sagte der Vater nach langem Nachdenken, »daß du als mein Sohn Unterthan eines Fürsten bist, der noch verbündet ist mit Napoleon.« – »Auch das ist vorgesehen,« sagte Julius; »der Oheim, der meinen Entschluß billigt, hat mich förmlich adoptirt, dadurch bin ich Unterthan eines andern Staats, und nicht lange wird es mehr dauern, so wird jeder deutsche Fürst stolz sein, deutsche Söhne, deutsche Krieger und nicht Tyrannensklaven seine Unterthanen zu nennen. Wir müssen hier noch meinen Entschluß geheim halten; nur wollte ich nicht in's Feld ohne euern Segen.«

»Auch ich,« begann der Fremde, der indeß geschwiegen, »habe mit den Bedenken eines allzu zärtlichen und allzu vorsichtigen Vaters zu kämpfen; meine Mutter lebt nicht mehr, mein Vater glaubt noch nicht an das Gelingen unseres großen Werkes. Nur unter fremdem Namen ist mir vergönnt, am Kampfe teilzunehmen, von dieser kleinen Reise mit meinem Freund darf ich nur unter dem fremden Namen zurückkehren, unter dem ich mich bei Ihnen eingeführt. Mein wahrer Name bleibt verschwiegen, selbst für Sie, bis wir zusammen als Sieger zurückkehren.« Seine Augen begegneten denen Elisens; *sie* brauchte keinen Namen zu wissen von dem, dessen tiefste Seele sie erkannte.

Es wurde den begeisterten Jünglingen nicht zu schwer, die Einwilligung des Vaters zu erringen, der selbst ein Mann von deutscher Gesinnung war, und der auch einsah, daß es einen Punkt der innern Entwicklung gibt, wo ein elterliches Machtwort, das den Willen brechen wollte, ein ganzes Leben brechen würde. Die Mutter gab mit schwerem Herzen ihre Einwilligung; sie setzte keinen Ehrgeiz darein, eine Spartanerin zu sein, der Kampf mochte ja ganz recht sein und gut, das wollte sie zugeben, aber warum *sie* ihren *einzigen* Sohn daran geben sollte, ehe seine Pflicht und sein König ihn dazu beriefen, das konnte sie durchaus nicht einsehen.

Die jungen Männer hatten am andern Morgen wieder abreisen wollen; der Zustand ihrer Pferde machte dies nicht möglich, und so wollten sie noch einen Tag zugeben. Julius war über den Aufschub ungeduldig, er hätte das Abschiedsweh, vor dem ihm selbst bange war, lieber mit einemmal überwunden; die verweinten Augen der Mutter thaten ihm weh. Aber der sonst ebenso kampfdurstige Falkenschwerdt war sehr bereit dazu, und Julius ahnte mit Lächeln den Grund; er *wußte* ihn, als, da sie endlich nach Mitternacht ihre Ruhestätte suchten, Oskar ihn mit mehr als Freundesliebe umarmte; er wußte ihn, und er freute sich darüber; kein Gedanke an den mit Orden bedeckten Staatsmann, den Vater seines Freundes, stellte sich verdüsternd und abkühlend vor das leuchtende Zukunftsbild, das vor seiner Seele aufstieg; er dachte an eine Zeit, wo es nur Deutsche, nur befreite Brüder eines großen Vaterlandes geben werde, nicht Bürger und Barone, Staatsräte und Pfarrer.

Der Vater schlief wenig in dieser Nacht, er schritt lange auf und ab, in tiefem Sinnen, die Mutter saß wach auf ihrem Bette und betete: »Ist's möglich, Herr, so nimm den Kelch von mir, wo nicht, so geschehe dein Wille!« Auch Elise konnte nicht schlafen, sie erhob sich vom Lager, sie sah hinaus in die helle Mondnacht, und sah weiter und weiter hinaus in eine Zukunft voll wunderbarer Ereignisse, voll ungeahnter Freuden, während die müden Jünglinge längst schliefen und träumten von Schlachten und Siegen.

Einen Tag verweilten sie noch im Pfarrhaus, einen Tag, dessen Inhalt lange Jahre aufwog. Die Eltern, besonders die Mutter, wollten den Sohn noch recht genießen vor dem Abschied, der, so bangte ihnen allen, der letzte sein konnte. Julius verstand die Mutter viel besser, als je die Schwester gethan, und wenn sie mit schwimmenden Augen in's kleinste Detail einging über die Strümpfe, Socken und Unterleibchen, die sie ihm nachschicken wollte, so verstand er darin das Mutterherz so gut, als ob sie die schönste sentimentale Rede gehalten hätte, und wenn sie ihn schüchtern bat: »Aber nicht wahr, Julius, wenn man schießt, so stellst du dich nicht gerade vorne hin, und denkst auch an deine Mutter?« so wandte er sich nicht verächtlich von so feigem Rathe ab, er küßte ihre Hand und sagte: »Ich denke an meine Mutter, gewiß, gewiß, in jedem Augenblick.«

Elise störte heute nichts, die ganze Welt schwamm in rosigem Licht, und während ihre Seele glühte von großen Gedanken, entfaltete sie eine weibliche Liebenswürdigkeit, eine häusliche Sorgfalt und Geschäftigkeit, die ihrem oft so zerstreuten, stolzen Wesen sonst abging, und die ihr nun einen neuen Reiz gab. Es war keine Verstellung, keine Koketterie, es war die gehobene Stimmung des Herzens, die sie mit einem Mal zum *ganzen* Weibe machte. »Aber, Elise, du bist ja wie ein Engel,« sagte der Bruder leise und lächelnd. – »Gott mache mich glücklich und ich will ein Engel werden!« rief Elise. Ihr ganzer Sinn lag in diesen Worten, sie setzte ihre Veredlung der Vorsehung als Preis für das Glück, das sie forderte.

Julius wollte an dem schönen Märztage die Lieblingsplätze seiner Knabenzeit noch einmal besuchen. Alle gingen mit, selbst die Mutter, obgleich sie den ganzen Tag zu sorgen hatte, um Julius wo möglich noch alle seine Leibgerichte zu bereiten. Die Eltern gingen voran mit Julius, Elise und Falkenschwerdt folgten. Sie fühlten sich in einem so bedeutenden Augenblick über alle Schranken der Convenienz weggehoben und tauschten in glühenden, lebensvollen Worten alle Erinnerungen, alle Träume, alle Hoffnungen ihres jungen Lebens aus. Sie sprachen kein Wort von Liebe, aber ihre Blicke, die sich begegneten, ihre Hände, die in einander ruhten, sprachen deutlicher als Worte, und als am Morgen des Abschieds Elise sich aus des Bruders Armen wand und Oskar die Hand bot, da zog dieser sie an sich, drückte einen Kuß auf ihre Stirne und flüsterte: »Und kehre ich als Sieger zurück, so reiche diese Hand mir des Sieges Preis!«

Die Jünglinge ritten fort, nicht so rasch wie sie gekommen waren, aber siegesmuthig, kampfbegierig, reich an Hoffen. Ueber die Zurückbleibenden senkte sich das schwere bleierne Gefühl des Alleinseins, das Bewußtsein einer unendlichen Lücke, während jene freudig in die Welt hinauszogen, der Eine reicher um ein seliges Gefühl. Zum erstenmal fast seit der Kinderzeit umschlang Elise die Mutter und legte ihr Haupt an diese treue Brust, und die Mutter verstand sie, aber sprechen mit ihr wollte sie nicht, sie wollte den Himmel nicht trüben, den sich der Tochter Seele malte, wo vor ihren Augen noch so viele Wolken und Nebel lagen.

Während die Welt draußen immer mehr bewegt wurde von Krieg und Kriegsgeschrei, war das Leben im Pfarrhaus äußerlich ein gar stilles, innerlich aber, zumal in Elisens Seele, reich an tiefer, mächtiger Bewegung. Zeitungsnachrichten, die freilich damals oft noch langsam ihren Weg in abgelegene Pfarrhäuser fanden, und die Briefe des Bruders waren ihr einziges Lebenselement. Die Bildung des Lützowschen Freicorps, dem die zwei Freunde beitraten, die feierliche Einsegnung desselben in der Kirche zu Rochau, seine ersten Waffenthaten begleitete Elise mit ihrem glühenden Antheil, mit ihren Thränen und ihren Gebeten. Jedem Brief des Bruders war ein Gruß, irgend ein bedeutsames Wort von Oskar beigefügt; Pläne für die Zukunft ließen sich freilich nicht machen, wo der Augenblick so stürmisch und so inhaltreich war.

Elise lebte ganz in den jungen Helden, ihre einsamen Gänge führten sie immer auf die Felsenhöhe, wo sie am weitesten hinaus blicken konnte, sie dachte und träumte nur von dem seligen Augenblick, wo sie die rückkehrenden Sieger begrüßen würden. Die Eltern gestatteten ihr, ihre einzige Freundin in der Residenz zu besuchen; dort ließ sie ihr Bild malen, für den Bruder, wie sie sagte; Vater und Mutter dachten wohl mit der Tochter an einen Andern als an den Bruder, der sich des schönen gelungenen Bildes freuen würde, doch sprach keines darüber. Der Lorbeer war zu früh gewunden.

Der Sommer, der all diese Hoffnungsblüthen der Reife entgegen bringen sollte, brachte ihnen die Todessichel. Im Juni, inmitten des Waffenstillstandes, während dessen die jungen Kämpfer hätten Kräfte sammeln sollen, wurde das Lützow'sche Corps überfallen, die schönste Blüthe der deutschen Jugend fiel – unter deutschen Waffen.

Elise und die Eltern harrten mit Sehnsucht auf Kunde von dem Sohn, da sandte ihnen der Oheim die Botschaft von seinem Tod und alles, was er von ihm hatte auffinden können, seine Waffen, seine Uhr und seine Schreibtafel, in die er, wie es schien, mit sterbender Hand die Worte geschrieben: »Lebt wohl Alle! Elise, Oskar ist gefallen ...« Auf spätere Nachfragen erfuhr der Pfarrer, daß auch Graf Falkenschwerdt unter den Gefallenen bei Kitzen sei. Seinen wahren Namen hatten sie nie erfahren.

Da brachen Zeiten großen und tiefen Leides über das Pfarrhaus herein, Tage, in denen die Zeit unbeweglich wie eine schwarze Wolke über uns hängt, wo das Herz nicht glauben *will*, nicht tragen *will*, was es doch hinnehmen *muß*. Die Mutter fand in der Tiefe eines frommen Gemüths am leichtesten Trost für das unsägliche Leid, mit dem sie ihren einzigen Sohn begrub; der Vater, der an so vielen Sterbebetten, an so vielen Gräbern gestanden hatte, bereit mit dem Trost des ewigen Wortes – ach, er fand, wie es so viel leichter ist, Andern zu predigen als sich selbst. So reich, so schön, so mannigfaltig sind die Trostworte für Leid und Tod in der Schrift, daß uns nichts leichter dünken sollte, als zu leiden und mit dieser Hilfe das Leid zu überwinden; aber ach, wo Schriftworte nicht das Amen sind auf ein beständiges, stilles Herzensgebet, wie starr, wie todt stehen sie in der Stunde des Jammers vor unsern Augen, wie tausend Mal wiederholt sich in unserem Innern die Antwort jener alten Frau, die ihren Sohn verloren, auf die Ermahnung des Geistlichen: »Und wenn ich die ganze Bibel auswendig lerne, er kommt eben doch nicht wieder!« Wohl der weichen Seele, die stille hält und den Blick nicht abwendet von der dunkeln Tiefe, bis sie die Perle darin gefunden; wohl der starken Seele, die in der Dämmerung ringt mit dem Herrn mit den gewaltigen Worten: Ich lasse dich nicht, du segnest mich denn!

Elise begehrte nicht zu ringen mit ihrem Schmerz, sie suchte nicht nach den Perlen in der dunkeln Fluth, sie empfand dieses Leid, das so viel gewaltiger war, als sie je hätte ahnen können, wie einen Hohn des Schicksals auf die stolze Forderung ihres Herzens um Eine Stunde voller Seligkeit für ein Leben voll Schmerz.

Ihr Schmerz war ihr einziger Kultus, ihr Stolz war: daß ihr Jammer so tief war, daß niemand ihn fassen könne; sie verschmähte Theil zu nehmen an den Klagen der Eltern, sie konnte, selbst von der Mutter, nicht die leiseste Hindeutung auf *ihren* besonders schweren Theil an der Trauer Aller ertragen; eine Königin des Jammers zog sie sich stolz ab von Allen und begrub sich in ihr Leid. Sie suchte alle Stellen auf, wo sie an dem einzigen Frühlingstag ihres Lebens mit Ihm gewandert war, das stillste Plätzchen im Garten weihte sie besonders seinem Andenken, mit dem Schattenriß, der Haarlocke, mit einem feurigen Gedicht, den einzigen Andenken, die ihr Julius von ihm nach und nach geschickt, konnte sie Tage lang dasitzen ohne Thränen, ohne Klage, nur froh, wenn nichts sie störte.

Vater und Mutter mußten jeden Versuch aufgeben, sie zu trösten. Wenn der Vater, zwar mit gebeugtem Haupt, aber doch getreulich wie sonst seinem Berufe nachging, wenn die Mutter, eifrig wie zuvor, wenn auch mit gar stillem Wesen ihre Geschäfte besorgte, so galt das Elisen nur für einen Beweis, daß eben in ihre Seele das Leid gar nicht so tief eingedrungen sei, und wenn die Mutter sie weinend umfaßte und fragte: »Soll uns denn Ein Schlag beide Kinder geraubt haben?« so hatte sie keine Antwort als: »Beide, arme Mutter, beide.«

Sie hatte keinen Trost, keine Hoffnung, als die Gewißheit, daß sie bald sterben, daß sie drüben ihrem geliebten Helden den Lorbeerkranz bieten dürfe, den sie hier vergebens für ihn gewunden. Sie schwelgte recht in ihrem Schmerz, in der Gewißheit, daß er in Kurzem ihr Leben aufreiben müsse. Aber sie lebte fort. Ihr Gesicht war blaß, aber ihre Wangen blieben voll, ihre Gestalt zerfiel nicht, sie fand, daß der Tod am gebrochenen Herzen doch ein seltener sein müsse.

So vergingen Jahre; wie im Traum horchte sie den großen Zeitbegebenheiten, die in stürmischem Wechsel vorüber zogen, dem rauschenden Flügelschlag des deutschen Adlers, bis er mit gebundener Schwinge sich niedersenkte. Der Vater war gestorben, die Mutter zog mit Elisen in die kleine benachbarte Stadt.

*

Es war ein allgemeines Erstaunen, als sich die Kunde verbreitete, Elise sei die Braut eines jungen Geistlichen, der früher schon ein Nachbar ihrer Eltern gewesen und sich der verwittweten Mutter mit treuer Freundschaft angenommen hatte.

Elise selbst konnte sich Wohl die Gründe dieses Entschlusses, den sie nur nach langem und schwerem Kampf gefaßt, nicht recht zergliedern. Sie sah ihn zunächst als ein Opfer an, das sie den Wünschen der Mutter brachte, und doch war sie bis jetzt nicht sehr aufopfernd gegen die Wünsche der Mutter gewesen. Sie kannte Pfarrer Stern seit lange, sie hatte auch um seine Wünsche gewußt, obgleich er sie früher nie gegen sie ausgesprochen; sein ernstes, einfaches, mannhaftes Wesen flößte ihr Achtung ein, aber an die Möglichkeit, sich je zu verheirathen, hätte sie nie gedacht.

Sie hatte diese ganze Zeit her so still, so einsam gelebt wie immer, nur gegen eine Freundin hatte sie nach den ersten Zeiten tiefsten, einsamen Jammers ihr Leid in Briefen ausgeschüttet; seit diese sich verlobt und sie nicht mehr auf volle Sympathie bei ihr hoffen durfte, hatte sie sich auch von ihr zurückgezogen; jede Zerstreuung, auch die harmloseste, dünkte ihr ein Unrecht. Und doch fand sie es allmählig schwer, vom Leide allein zu leben. Sie hatte sich müde geweint; den himmlischen Trost, der uns das Leid nicht entführt, sondern es uns verklärt zum ewigen Besitze gibt, hatte sie nicht gesucht und nicht gefunden; die Ausübung der täglichen Pflichten, die sie gleichgültig, ohne Liebe und Treue verrichtete, gab ihr nicht Trost und Freude, der gesellige Verkehr der kleinen Stadt endlich, über den sie sich so hoch erhaben dünkte, war ihr unerträglich; sie verstand es nicht, Liebe zu gewinnen, sie suchte es auch nicht, und doch gibt es kein Herz, das nicht vertrocknen müßte, wo es sich nicht geliebt und geschätzt fühlt.

Stern hatte die Mutter immer von Zeit zu Zeit besucht und Elise hatte ihre Kälte und Geringschätzung gegen alle Männer, die nicht den Tod für's Vaterland gesucht hatten, so weit überwunden, daß sie zugegen blieb, wenn er da war, und mit mehr Interesse in seine Gespräche einging, als je im Verkehr mit Andern. Nun begab es sich, daß er eine angenehme Stelle erhielt, und obwohl er vielleicht an mancher Thüre einen freundlicheren, willigeren Empfang hätte hoffen dürfen, als bei Elisen – wie einmal des Menschen Herz ist, das schwer zu Erreichende steigt im Werth – er konnte den Gedanken nicht ertragen, daß dieses schöne reichbegabte Wesen in einer gewaltsam festgehaltenen Trauer verkümmern solle, und er wagte die Bitte an Elise, ihn zu ihrem Freund, zu ihrem berechtigten Beschützer für's Leben zu wählen.

Das Mädchen ist noch nicht geboren, für das in der ernst gemeinten Werbung eines rechten Mannes nicht etwas Wohlthuendes läge. Nicht lange zuvor hatte Elise in ihr eigenes Ohr die schnippische Bemerkung eines jungen Mädchens gehört: »Und wenn sie sich noch so königlich hinstellt, am Ende wird sie eben doch eine alte Jungfer, wie ordinäre Leute auch.« – Ob diese kleinliche Aeußerung auch in einer so großartigen Seele beitrug, einen Weg für Sterns und der Mutter Wünsche zu bahnen, wer weiß es? Elise schrieb ihm:

»Ich erkenne den Edelmuth, der in Ihrem Anerbieten liegt; meine Mutter unterstützt Ihre Wünsche, aber mein Herz ruht im Grabe. Was ich Ihnen noch bieten kann, meine Achtung, meine Treue, das reicht nicht hin, um ein Menschenleben auszufüllen. Bedenken Sie wohl, was Sie wagen, und wählen Sie sich ein Wesen, das Ihnen ein ganzes volles Herz entgegen bringt.«

Der Pfarrer antwortete ihr: »Liebe Elise, ich will Ihrem Herzen und Ihrem Willen keine Gewalt anthun; wenn Sie aber den Entschluß fassen, sich mir anzuvertrauen, so baue ich auf mein redliches Streben, um Ihre Liebe zu werben, auf die stille Macht der Häuslichkeit. Verhüte Gott, daß ich die Liebe geringschätze, aber ich glaube, sie *muß* kommen, wo zwei gute Menschen in demselben

Streben Eines Weges gehen. So bitte ich Sie denn zunächst nur um Ihr Vertrauen, ich will all Ihr Leid, zukünftiges und *vergangenes*, treulich mit Ihnen tragen.

»Fern sei es von mir, Ihnen die Erfüllung meiner Wünsche als *Pflicht* vorzustellen, aber glauben Sie wirklich, daß Sie Gott zu nichts Anderem berufen, als einen Todten zu beweinen? daß das Leben nicht noch höhere, und so Gott will, süßere Aufgaben für Sie hat? – –«

Kapituliren ist immer gewagt. Elise gab nach, sie wußte nicht wie, und sagte dem Pfarrer ihre Hand zu, wenn er glaube, glücklich werden zu können ohne ihr Herz. Stern nahm sie getrost und freudig an. Er wollte sie für's Leben gewinnen, er wollte sie zur Thatkraft zurückführen, er wollte sie glücklich machen, und schließlich, – das redlichste Herz hat einen unausgesprochenen Hintergrund, – er liebte sie und wünschte ihren Besitz, und glaubte darum von Herzen gern alles, was für seine Wünsche paßte. Ob seine Annahme sicher war, daß zwei gute Menschen, die mit gutem Willen zusammen ihres Weges gehen, sich auch glücklich machen müssen, das sollte die Zeit lehren. Es bleibt allezeit ein gewagtes Experiment, eine Verbindung zu schließen in der Zuversicht, die Liebe werde nachkommen; es hat schon manchmal fehl geschlagen.

Einen sonnigen Brautstand hatte Stern nicht; gar zu oft kämpfte Elise wieder mit der Reue über das, was sie die Untreue ihres Herzens nannte, gar zu oft tauchte die ritterlich schöne Gestalt ihres Jugendideals neben der ernsten, schlichten des Geistlichen auf. Ein todter Rival ist gefährlicher als ein lebender, weil die Todten so leicht fleckenloser erscheinen und weil auch die reinste Frauenseele im Andenken an einen Geschiedenen keine Untreue sieht. Der Abstand in der äußern Erscheinung beruhigte aber Elise wieder. Ein *Freund* nach einem Geliebten, das war doch mindere Untreue. Stern trug ihre wechselnden Stimmungen mit vieler Geduld, auch war er meist abwesend an seinem neuen Berufsort und im schriftlichen Verkehr ebnete sich das Verhältnis viel harmonischer. Es ist, zumal in jungen Jahren, wo man sich selbst zu wenig kennt und zu viel auf sich vertraut, gar leicht, sich in Tagebüchern und Briefen in schönen und edeln Gefühlen so recht zu ergehen. Auch die resignirte Seele Elisens, die reine Achtung, die stille Pflichterfüllung, die ruhige

Freundschaft, die sie ihrem künftigen Gatten zubringen wollte, nahmen sich gar schön aus auf dem Papier, und es war alles redlich gemeint. Und aus eigner Kraft, aus den Tiefen ihrer starken Seele allein wollte Elise das stille, harmonische Dasein gestalten, das vor ihr lag, aus eigner Kraft wollte sie, selbst freudlos, als milder, freudespendender Engel durch's Leben gehen, bis sie an der Pforte des Himmels der verklärte Heldenjüngling, der allein ihr Herz besessen, empfangen würde. Das war ihr selbstgeschaffener Glaube, mit der Vorsehung hatte sie sich so ziemlich abgefunden; seit sie ihres Herzens seligste Hoffnung begraben, glaubte sie sich im vollen Recht, für ein verarmtes Erdenleben eine selige Ewigkeit zu fordern. Sie bedachte nicht die Worte: »Wer da nicht hat, von dem wird genommen auch das er hat.«

*

Elise war nicht in die Ehe getreten als die steinerne Niobe, als die sie jetzt ihr Haus verkältete. Sie hatte den Willen, ihren Gatten glücklich zu machen, so weit ihr das möglich war. Und als er sie einführte in die Räume ihrer neuen Heimath, wo die Hand ihrer Mutter alles freundlich geordnet hatte, als er sie bat, auf seine Liebe zu vertrauen und an eine glückliche Zukunft zu glauben, da blickte sie ihm mit inniger Zuversicht in's Auge und sagte aus vollem Herzen: »Es wird gut gehen.«

Stern und Elise hatten gewünscht, daß die Mutter ihre neue Heimath theile, aber diese hielt es für viel besser, daß die jungen Leute sich allein zusammenfinden, und behielt ihren bisherigen, nicht allzufernen Wohnsitz bei. Das freie Schalten und Walten im eigenen Besitz, die leichten Sorgen des kleinen Haushalts, die kindliche Freude des Gatten an der eigenen Häuslichkeit, seine Bewunderung und Zufriedenheit mit allem, was seine Frau that, belebten und erwärmten ihr Herz, und sie suchte oft mit Reue ihren Kultus des Leides mühsam wieder hervor, zu dem sich nicht wie sonst ihr Herz von selbst hinwandte.

Flitterwochen, Honigmonde, das sind kindische Bezeichnungen für die erste Zeit des Ehestandes; es sollte ein schönerer Name dafür gefunden werden, aber einen eigenen Namen verdient sie, und es ist lächerliche Pedanterie, dieses erste warme Gefühl des Glücks hemmen und abkühlen zu wollen, damit es ja nachher nicht weniger schön komme. Es ist aber auch kindische Begehrlichkeit, gerade in *dieser* Gestalt, in dieser Neuheit und Frische das Glück festhalten zu wollen, dessen innerer Besitz reicher ist und schöner als sein erster Anblick, wenn auch minder glänzend. Mit leuchtendem Auge, mit frohem Herzen sieht der Bergmann die Silberader glänzen im dunkeln Gestein; er muß sie freilich noch herausarbeiten, glühen und läutern, bis das Silber rein und ganz zu Tage kommt; wollt ihr ihm darum die Freude des ersten Anschauens mißgönnen, die ihm Muth gibt und Freudigkeit zu der ersten Arbeit?

Ihr gebt dem Kinde am Weihnachtsabend Spielsachen, Arbeitsgeräte, Kleidung, die durch das ganze Jahr seine Freude werden sollen. Wollt ihr ihm den Jubel, das Entzücken der ersten Stunde der Bescheerung rauben und die Gaben alle klug vertheilen durch's ganze Jahr, damit ja nicht auf einmal der Freude zu viel werde? – Freilich ist es des Kindes Schuld, wenn es seine Reichthümer in den ersten Tagen achtlos verschleudert und zerbricht und sich so die Freude des Jahres nimmt; und solche Kinder sind wir nur gar zu oft.

Elise machte sich das Wohlgefühl, das im eigenen Hause über sie kam, fast zum Vorwurf, und gleichsam zur Sühne suchte sie in den Gesprächen mit ihrem Mann die Erinnerung an den Bruder, an Oskar, an jenen Einen sonnigen Tag, an die lange Nacht, die ihm folgte, wieder hervorzurufen. Der Pfarrer hätte gut gethan, mit Liebe und Interesse in diese Erinnerungen einzugehen; es war das erstemal, daß sie sich aussprach gegen irgend eine Seele, seine Theilnahme hätte ihr wohlgethan, das mächtigste Gefühl ihres Herzens wäre zu Beider Eigenthum geworden und hätte so keine Scheidewand mehr zwischen ihnen bilden können; aber wenige Männer verstehen, wie die weibliche Offenheit eine Bürgschaft für ihren Frieden, eine Quelle für ihr Glück werden könnte. Er wurde ungeduldig über die immer wiederkehrenden Beziehungen auf die selige und schmerzliche Vergangenheit, eine verzeihliche männliche Eifersucht regte sich, die die geliebte Frau auch nicht mit einem Todten theilen wollte; diese Eifersucht nimmt im Grunde keine Frau übel, aber sie sprach sich bei ihm nur in einer kurz angebundenen oder ablehnenden Weise aus, mit der er ihre Ergießungen abschnitt, und das verletzte sie tief; es war der Anfang zu der allergefährlichsten, unheilbarsten Krankheit des ehelichen und weiblichen Glücks, zu dem *Unverstandensein.* »Er versteht mich nicht: was die Seele meines Lebens ist, das läßt ihn kalt,« dachte Elise mit bitterem Herzweh. Sie weihte das Oberstübchen, in dem sie die Waffen des Bruders und alle Reliquien aus der kurzen Zeit ihres Liebesfrühlings sammelte, zum Heiligthum ihrer Trauer; da las sie die Freiheitslieder aus jenen Tagen, die Todtenopfer für die gefallenen Helden, und wenn sie herabstieg nach einer solchen Trauerstunde, in denen sie freilich nicht immer die rechte Stimmung fand, und der Mann dann ungeduldig fragte: »Wo warst du denn wieder?« da antwortete sie mit dem kalten Schweigen, das später der Fluch seines ehelichen Lebens wurde.

Doch kam das nur allmälig; es war dieser stille Todtengarten in ihrem Herzen zunächst das Einzige, das Elise für sich allein behielt, alles andere wollte sie gerne mit ihrem Manne theilen. Sie war als Kind und Jungfrau lernlustig und strebsam, selbst in den Tagen ihres Leides war die Beschäftigung mit Büchern, mit Wissenschaften der einzige belebende Gast gewesen, den sie zu dem Heiligthum zugelassen hatte. Durch ihre Erziehung schon war ihrem geistigen Leben eine ernstere Richtung gegeben worden, als die gewöhnliche weibliche Strebsamkeit, die sich begnügt, da und dort vom Schaum des Wissens zu nippen. Für Frauen zugestutzte Lehr- und Bildungsmittel waren ihr nicht zugänglich gewesen, gründliche Studien der Geschichte, der alten Classiker hatten sie allein beschäftigt; nach des Vaters Tode hatte sie es schwer gefunden, ohne männliche Hülfe weiter zu gehen, und sie hatte sich nun gemeinsame Studien als den Hauptreiz einer Ehe der Freundschaft gedacht, als sie endlich ihren Entschluß gefaßt. Nun ist es gewiß nicht nöthig für den Werth einer Frau und das Glück ihres Mannes, daß sie Latein versteht und Griechisch treibt, aber ein absolutes Hinderniß ist es doch sicherlich auch nicht. Der Pfarrer aber schätzte zwar weibliche Bildung und hatte sich auch der Seltenheit halber an den griechischen Heften seiner Braut ergötzt, eigentlich aber hatte er vor weiblichem Wissen ganz den hergebrachten Horror der Männer, die nie so ehrlich und so tief auf den Grund der Verhältnisse geblickt, um zu erkennen, daß werthlose Ehen, freudlose Häuslichkeiten gewiß mehr auf Rechnung flacher, vergnügungssüchtiger, als lernlustiger Weiber zu schreiben sind. Er wollte seiner Frau in nichts Zwang anlegen; er selbst gehörte nicht zu den Männern, denen ihr Beruf Handwerk und die Wissenschaft Handlangerin ist; er gab sich mit

Eifer ernsten, tief gehenden sprachlichen und theologischen Studien hin; wenn er aber müde von Amtsgeschäften und Studien mit der Pfeife zu seiner Frau herabkam, so wollte er ausruhen in einer leichten Unterhaltung oder in behaglichem Schweigen, das Männern oft so viel genußreicher ist, als Frauen begreifen können. Kam dann seine Frau mit dem griechischen Wörterbuch, mit Plato und Plutarch angezogen, so wurde ihm angst und bange. »O, Schatz, nur heute nicht mehr studiren!« hieß es fast jeden Abend; »willst du mit Gewalt Classiker lesen, so gibt's Uebersetzungen genug; komm, sitz' zu mir und erzähl' mir was Schönes.« Elise trug schweigend, mit gekränkter Würde die Bücher weg und holte ihr Strickzeug. »Unverstanden,« tönte es abermals in ihrer Seele, und die Mauer zwischen den beiden Herzen wuchs unvermerkt höher und höher, und warf ihren Schatten in das kaum angepflanzte Gärtchen häuslichen Glücks.

Ach, sie hätten sich so leicht helfen können! Wenn der Pfarrer einmal versucht hätte, mit freundlichem Sinn in die Studien seiner Frau einzugehen, er hätte wohl gefunden, daß das Lehramt bei einer geliebten, empfänglichen weiblichen Seele etwas blühender und erfreulicher ist, als trockenes Schulmeistern, und die Classiker, die alten Genossen seiner Schuljahre, wären ihm, aufgefaßt von einem lebendigen, poesiereichen Gemüth, vielleicht erst wieder lieb und werth geworden. Und hätte sie mit liebevollem Sinn ihres Mannes Bedürfniß verstanden und zunächst und vor allem für die traute Behaglichkeit des häuslichen Herdes gesorgt, wie leicht wäre es ihr geworden, leise und allmälig die ernsten Geister der alten Tage, ihre lieben Dichter und Schriftsteller, an diesen Herd einzuführen und ihn damit zu verschönem!

So aber versäumte Jedes das liebevolle Eingehen auf die Wünsche des Andern. Sie dachte: »Also nur zur ersten Magd will er mich machen. Dazu bin ich gut, das Reich des Geistes soll mir verschlossen sein;« und er dachte: »Ich hätt's doch eben besser bedenken sollen, sie ist am Ende doch eine kalte Natur und keine Hausfrau.«

Eine Hausfrau – das war eine weitere Klippe dieses ehelichen Glücks. So viel Vertrauen haben die meisten Männer, daß sie denken, mit dem Hochzeittag müsse auch die Braut zur perfekten Hausfrau werden. Sie schlagen vielleicht einen Beruf zu leicht an, der die Aufgabe und das Studium eines ganzen Lebens ist, sind aber im Ganzen in ihrem Recht, wenn sie von der Frau verlangen, was sie ihr zutrauen.

Die Haushaltungskunst war nie Elisens Studium gewesen. Sie hatte daheim gethan, was nöthig war, und es für entsetzlich kleinlich gehalten, großes Gewicht auf kleine Genüsse und Mängel des täglichen Lebens zu legen. Der Pfarrer aber, der Sohn einer Mutter, die weit und breit für das Muster einer guten Hausfrau galt, legte gerade sehr großen Werth auf die Hausfrauentüchtigkeit und konnte sich von einer verbrannten Suppe, von einem zerbrochenen Teller, über die seine Frau mit überweiblicher Seelengröße wegsah, fast allzusehr ärgern lassen.

Elise hatte den Willen, ihre Pflicht zu erfüllen, aber nicht die Demuth, ihre Fehler einzusehen. Das unbehagliche Gefühl, das ihr doch das Bewußtsein einer Versäumniß machte, schob sie auf Rechnung ihres Mannes. Wo *sie* aber auch wirklich ihr Unrecht fühlte, da fehlte ihm die Großmuth, die sich eben in den allerkleinsten Fällen gegenüber von Anderer Versehen am schönsten zeigen kann, und die bei feinen Gemüthern nie verloren ist. Kleine Vorfälle, fast zu klein, um genannt zu werden, endeten in gegenseitiger Bitterkeit, und viele Nadelstiche geben eine Wunde.

Nicht daß Elise sich nicht zu Zeiten all der schönen Vorsätze am Beginn ihres Ehestandes erinnert hätte; sie konnte sich oft wieder ganz in die Gefühle der edlen, hingebenden Gattin hineinleben; aber es schien ein neidischer Dämon jede Blüthe ehelichen Glücks im Keim zerstören zu wollen. Der Unstern des Pfarrers, der nicht eben zu den poetischen Naturen gehörte, führte meist selbst die Störung herbei. Einst an einem Winternachmittage saß Elise allein daheim, ihr Mann war in einer Amtsverrichtung auswärts, sie dachte auch einmal an die Gegenwart, nicht wie sonst immer an die Vergangenheit, sie dachte an ihren Mann, an seine Berufstreue, seinen redlichen, ehrenhaften Sinn; sie fühlte, wie manches sie indeß verfehlt, und beschloß, ihm nun gewiß auch mit Aufopferung eigener Wünsche den eigenen Herd recht behaglich zu machen. Sie holte eigenhändig seine Pantoffeln und seinen Schlafrock, um sie zu wärmen, sie wollte Abends ein Brettspiel mit ihm machen, eine alte Liebhaberei von ihm; sie fing an, sich auf seine Rückkehr zu freuen, wie noch nie. Endlich läutete er, sie ging ihm bis zur Thüre entgegen, aber ehe sie ihn begrüßen konnte, fing er in etwas ärgerlichem Tone an: »Aber ich bitte dich, Elise, was soll das heißen? Jetzt ist das Holz noch nicht im Schuppen, noch im Hof aller Nässe ausgesetzt, und ich wollte es schon vor acht Tagen im Trockenen haben; wozu hat man eine Magd?« – »Ich kann es ja selbst thun,« sagte Elise gereizt, »wenn das so unendlich wichtig ist, daß du keinen andern Gedanken mit nach Hause bringst.« – Abermals geärgert über ihren gereizten Ton, überhörte er den leisen Vorwurf in ihren Worten und steigerte sich recht in Verdruß über das verwahrloste Holz hinein. Auf Elisens aufflammende Vorsätze war das kaltes Wasser, sie hüllte sich wieder in ihr gekränktes Schweigen, auch als der Pfarrer, der die Pantoffelaufmerksamkeit bemerkt, gern wieder eingelenkt hätte. »Unverstanden, unverstanden!« tönte es wieder in ihrer Seele. Das Bild des ritterlichen Grafen, des Lebens voll seliger Harmonie, das sie an seiner Seite geführt hätte, stieg wieder vor ihr auf, und die Scheidewand wuchs immer höher. Sie hatte sich einst nicht ohne schweren Kampf entschlossen, Stern ihre Hand zu geben, ihre Idee von ewiger Treue gegen den Todten aufzuopfern. Mit dem Irrthum so mancher Frauen meinte sie, für dieses Opfer von seiner Seite ganz besondere Anerkennung, besondere chevivereske Huldigung erwarten zu dürfen. Stern aber meinte einfach, mit dem Ja am Altare sei seine Frau eben seine Frau geworden und habe ein Recht an all seine Liebe und Treue, seinen Schutz und seine Fürsorge, aber an außerordentliche Anerkennung von seiner Seite dachte er nicht. Wie bei den meisten Männern sollten die weichen und zarten Saiten bei ihm erst von liebender Hand zum Klange geweckt werden, Elise aber erwartete schon entgegenkommende Klänge.

Der Pfarrer hatte ein unglücklich schwaches Gedächtniß für Geburtstage, er war überhaupt kein Freund von Festfeiern und hätte am liebsten gehabt, wenn man den seinigen ganz vergessen hätte; Elise aber, in deren Elternhaus man Bekränzungen, Blumen und Familienfeste liebte, war an aufmerksame, feierliche Begehung des ihrigen gewöhnt. Der erste Geburtstag, den sie im Ehestand feierte, mahnte sie gar schmerzlich an all die vergangenen mit ihren Freuden, ihren Träumen, ihren Thränen; heute fühlte sie sich recht liebebedürftig. Sie hatte sich sorgfältig angekleidet und erwartete den Gatten und seinen Glückwunsch, er mußte von der Brautzeit her noch das Datum ihres Geburtstags wissen. Da öffnete sich die Thür, der Mann erschien, ziemlich im Negligé, und bot ihr den Aermel seines Schlafrocks dar: »Nun bitt' ich dich, Elise, erbarm' dich einmal über den zerrissenen Ellbogen, seit vierzehn Tagen treib' ich's jetzt, ich blamire mich vor den Bauern; und hör', könntest du denn nicht auch ein einzigmal selbst nachsehen, wenn die Magd bei mir einheizt? Das ist ein unsinniger Holzverbrauch bei sechs Grad Wärme draußen.« Das waren nun schreiende Mißlaute in Elisens gehobene Stimmung, und statt mit einem gemüthlichen Scherz, mit einem freundlichen Vorwurf die Saiten wieder zu stimmen, ließ sie sie lieber abreißen und machte so die künftige Harmonie unmöglich. »Unverstanden, allein auf der Welt!« in diesem Gefühl nahm sie mit der Würde einer tief gekränkten Unschuld nach dem Frühstück den leidigen Schlafrock in Kur und sprach kein einziges Wort, so daß der verblüffte Pfarrer nicht begriff, was es für ein Verbrechen sein könne, von seiner Frau einen so natürlichen Dienst zu verlangen. Daß sie solche häufig wiederkehrende Mißlaute durch etwas mehr Aufmerksamkeit vermeiden könnte, fiel Elisen nicht ein, sie hüllte sich nur immer in's Gefühl ihrer beleidigten Würde, und that ihre Pflicht zwar genauer, aber in immer kälterer, unlieblicherer Weise.

Freilich kam an jenem verhängnißvollen Geburtstag noch eine Schachtel mit Geschenken von der Mutter, auch eine Sendung von feinem Flachs von der Mutter des Pfarrers, einem guten, etwas ceremoniösen alten Frauchen, mit einer sehr höflichen Gratulation an die »liebwerthe Frau Söhnerin« und einer Mahnung an den Pfarrer: »Lieber Christian, du wirst doch deiner Frau Geburtstag nicht vergessen? Ich weiß, du hast für solche Tage ein kurzes Gedächtniß, bei uns that das nichts, aber eine junge Frau erwartet einige Attention...« Da war's nun dem Pfarrer herzlich leid, daß er den Tag so prosaisch begangen hatte, er hätte die Sache gar gern wieder gut gemacht und kam mit einer humoristischen Entschuldigung, aber Elise war so unnahbar, so ruhig und kalt im Bewußtsein des Unverstandenseins, daß er, seinerseits auch gekränkt, sich zurückzog und dieser Tag die trennende Kluft wieder erweiterte.

»Gute Worte geben,« das war nicht des Pfarrers Sache, alle Arten von Scenen, auch Versöhnungen, waren ihm in der Seele zuwider. »Wenn man weiß, wie man mit einander dran ist, wenn man sich lieb hat und das Rechte will, wozu solche Umstände? Da kann sich jedes selbst zurecht finden.« Es lag dem Wohl ein gesunder Sinn zu Grunde. Frauen lieben Scenen, Versöhnungen, alles, was innerlich erregt, und können wohl je und je die Güte des Mannes mißbrauchen, der allzu bereitwillig in jede Schattirung ihrer Stimmungen eingeht. Aber der Pfarrer vergaß, wie viele Männer thun, daß über diesem gesunden Sinn, der alles Eingehen und Aussprechen über die innere Welt der gegenseitigen Gefühle vermeidet, gar oft die Poesie des Verhältnisses verloren geht, die neben der unvermeidlichen Prosa beschrankter bürgerlicher Verhältnisse gar wohl ihre Rechte wahren dürfte; er vergaß, welche Macht ein zartes, liebevolles Wort über ein Frauenherz hat, und wie es auch dem starken und stolzen Mann gar gut ansteht, zuweilen freundlich einzugehen, selbst in eine Schwäche der Frau, ihr aus einer gedrückten Stimmung zu helfen, ihr auch in kleinen Drangsalen die Stütze einer kräftigen Hand zu leihen.

Diese Trockenheit so vieler Männer, die sich mit dem innerlichen »Gutmeinen« begnügt, löst nun freilich ein so tief gegründetes heiliges Verhältniß nicht, aber sie macht es nüchtern, prosaisch, die kleinen Blüthen des Lebens sterben ab und es bedarf wieder großer, tiefer Erregungen, für die freilich die Vorsehung sorgt, um den Gatten die ganze heilige Bedeutung ihres Verhältnisses zum Bewußtsein zu bringen.

Elisens Natur war aber nicht für ein gewöhnliches Verhältniß geschaffen; zu stolz, zu sehr gewöhnt, ihr eigener Mittelpunkt zu sein, versuchte sie keinen der Fäden wieder anzuknüpfen, die in so kleinlichen Mißverständnissen abrissen. So gingen sie weit und weiter auseinander; der Pfarrer, dessen warmer, gemüthlicher Natur die Liebe ein so tiefes Bedürfniß war, sah mit Schrecken die immer wachsende Entfernung, und sie büßten Beide schwer den Irrthum, mit dem sie die mächtige, gewaltige Bedeutung der Ehe nicht begriffen, in der es kein Halbes geben kann, kein zurückbehaltenes Gefühl, keine nachzuholende Liebe. Wohl ist sie ein Wachsen und Werden, eine Schule, in der man nicht auslernt, aber das ganze Herz, den ganzen Willen muß man dazu mitbringen, sonst ist die Schulzeit verloren.

Das mächtigste Medium, die reichste Kraft der Ausgleichung, ein gemeinsamer Glaube, war nicht zwischen den Beiden. Elise hatte von der Vorsehung Glück gefordert, volles, seliges Glück als Preis ihrer Veredlung; ihr Unglück sah sie nun, um einen irdischen Vergleich zu brauchen, als vollgültige Freikarte zum Himmel und seiner Seligkeit an; weiteren Strebens glaubte sie sich entbunden. Das tiefe, heilige Mysterium des Glaubens, nach dessen Verstehen bei der rationalistischen Richtung ihres Vaters nie ein Sehnen in ihr geweckt worden war, blieb ihr fremd. Wenn sie die Predigten ihres Gatten hörte, der in die Glaubenswahrheiten tiefer eindrang, der sich nicht begnügte, auf selbst gezimmertem Floß über eine Tiefe zu gleiten, deren unermeßliche Schätze er ahnte, so that sie es nur, um sich daraus einen Maaßstab zu bilden, an dem sie haarscharf all sein Thun und Lassen, sein Reden und Schweigen maß; in ihr eigen Herz ließ sie sich nie von seinen Worten führen, und glaubte sie je darin etwas zu finden, das auf ihre Fehler, auf ihren Herzenszustand deutete, so erbitterte sie das nur. Des Pfarrers Herzenswunsch und sein stilles Gebet war, diese verdüsterte, verstörte Seele auf den Einen Weg leiten zu können, auf dem auch gebrochenen Herzen Licht und Frieden aufgeht; aber, wie selten ein Arzt gern im Hause verordnet, oder ein Richter gern Streitfälle in der Familie entscheidet, so liebte auch er nicht, zu predigen in der Wohnstube; was sein Herz bewegte, auch von eigenen Wünschen, das vertraute er dem Kanzelworte an, und da verfehlte es seine Wirkung bei dem Einen Herzen, für das es eben bestimmt war. – Elise sah mehr und mehr ihre segenslose, freudenlose Ehe als Strafe für die Untreue an dem Ideal ihrer Jugend an, immer leidenschaftlicher gab sie sich wieder dem Kultus ihrer Erinnerungen hin und immer weniger bemühte sie sich, noch eine Blume häuslichen Glückes zu Pflegen.

*

Eine Hoffnung ging dem Hause auf, die Hoffnung auf ein junges, neues Leben, und beide Gatten knüpften daran eine hellere Aussicht für die Zukunft, obwohl sie nie darüber sprachen. Elise hoffte auf einen Sohn; der sollte Oskar heißen, den wollte sie erziehen zu einem kraftvollen, schönen, feurigen Knaben, zum Abbild ihres begrabenen Helden; seine junge Seele wollte sie nähren mit all den Träumen, die sie schlafen gelegt, mit all den Hoffnungen für Größe und Freiheit des Vaterlandes, die nun untergegangen. Der Pfarrer machte keine Plane, aber er hoffte, ein junges, frisches Leben sollte sein düsteres Haus erhellen, das verschlossene Herz seines Weibes aufthauen und sie mit der Gegenwart versöhnen.

Das Kind war eine Tochter, und der erste Blick auf das kleine Gesicht zeigte auffallende Aehnlichkeit mit dem Vater. Elisens Mutter, die bei ihr war, begriff nicht, wie eine junge Mutter mit so wenig Freude ihr erstes Kind aufnehmen könne; aber es war so. Elise hatte gar nicht an ein Mädchen gedacht und sah in dem kleinen Wesen bereits ein beklagenswerthes Opfer des Schicksals. Und nun ihr die Hoffnung auf ein Abbild ihres Jugendgeliebten entschwunden war, hegte sie sein Andenken mit neuer Treue und fertigte Gatten und Kind mit kalter Pflichterfüllung ab. Die kleine Julie wuchs fröhlich und ahnungslos in diesem starren Boden auf; es war freilich nicht möglich, daß die Lieblichkeit der ersten kindlichen Entfaltung nicht hie und da der Mutter Herz gewonnen, ihr Auge erheitert hätte; aber je mehr bei späterer Entwicklung das Kind des Vaters Eigenthümlichkeiten zeigte, je mehr es sich instinktmäßig diesem zuwandte, desto mehr verkühlte die Mutter wieder. Es war dem kleinen Kinde schon ein Fest, wenn es der Vater in seine Stube nahm, und sie streckte von weitem die Aermchen gegen ihn aus; sobald sie ein wenig gehen konnte, kroch sie ihm nach und siedelte sich in einer Ecke seiner Studirstube an, wo sie sich an alten wurmstichigen Kupferwerken ergötzte, die als Inventarstücke auf der Pfarrkanzlei lagen. Einmal hatte die Mutter die vierjährige Julie mit in ihr Heiligthum genommen, aber sie riß die Feldbinde herab und nannte den Schattenriß einen »wüsten schwarzen Mann;« von da an blieb ihr die Stube verschlossen. – Das allmälige Abwenden des Kindes galt Elisen nur für einen neuen Beweis, wie arm ihr Dasein sei, und wie sich die gebrochene Treue gegen den Geliebten auch daran räche, daß ihr nicht einmal ihres Kindes Herz gehöre.

Der Pfarrer aber lebte auf in seinem Töchterlein, und wenn Elise Vater und Kind im Garten so fröhlich mit einander lachen hörte, so schloß sie den Laden und wandte sich mit tiefer Bitterkeit ab, obgleich sie selbst verweigerte, mitzugehen, weil der Vater das Kind vor ihr gefordert hatte. Der Vater unterrichtete Julie selbst, das war aber keine besonders lohnende Arbeit. Die Kleine lernte langsam, mehr aus Gehorsam als aus Lust, und obwohl im täglichen Leben ein munteres, aufgewecktes Kind, zeigte sie doch keine rasche Fassungskraft. Dagegen lernte sie sehr früh stricken von der Großmutter und spinnen von der Magd, und war gar emsig und wichtigthuend mit ihren kleinen Händen. – »Eine ganz gewöhnliche Natur, gut zu einem verwaschenen und verflickten Dasein,« entschied die Mutter bei sich und ließ sie gewähren.

Elisens Mutter starb bald, tief bekümmert über die freudlose Ehe der Tochter; die Mutter des Pfarrers aber, eine herzgute Frau, glaubte bei ihren seltenen Besuchen in des Sohnes Hause mit übermäßiger Höflichkeit und Rücksicht gegen die Frau Söhnerin alles gut machen und ausgleichen zu können; aber sie blieb auch »unverstanden« gegenüber der kalten, unnahbaren Weise ihrer Schwiegertochter, und ging wieder nach Hause, je früher je lieber, in lauter Herzensangst, der Sohn möchte bei ihr klagen über seine Frau, und da hätte sie doch nicht gewußt, was sie ihm entgegnen sollte.

Nicht umsonst hat die Gastlichkeit der Pfarrhäuser so guten Klang. Den geselligen Verkehr des Landlebens trifft am wenigsten der Vorwurf, den man unserem süddeutschen Leben nicht mit Unrecht macht, daß sich die Erholungszeit der Männer und Frauen in Wirthshaus- und Visitenleben theilt. Hier findet man noch gemüthliches Beisammensein ganzer Familien, und der Pfarrer, der daran immer besonderes Wohlgefallen gefunden, hatte sich als Vikar schon auf sein eigenes Pfarrhaus gefreut, und wie gut er's da den Freunden machen wollte.

Sobald es sein konnte, hatte er denn auch seine junge Frau in der Nachbarschaft eingeführt, glücklich im Gedanken, wie man seine Wahl preisen werde. Elisen aber war der Ruf großer Gelehrsamkeit und eines eigenthümlichen Wesens vorangegangen, und das legte den Pfarrfrauen einen Zwang auf. Sonst begannen gewöhnlich Männer und Frauen ihre Gespräche gesondert, und da kam man dann von häuslichen Angelegenheiten, von Küche und Garten etwa auf Erziehungsfragen, wobei die Männer ein Wort mitredeten, auf Amtserlebnisse, an denen die Frauen Theil nahmen, und so spielte sich allmälig die Unterhaltung zusammen und gewann durch die Männer an Ernst und Tiefe, durch die Frauen an Leben und Frische. Bei Elisens Einführung aber wollte es nicht recht von Statten gehen. Unsern meisten Männern wird's angst und bang, sobald sie fürchten, daß eine Frau Anspruch auf geistvolle Unterhaltung von ihrer

Seite mache. Die Frauen erwarteten vergeblich, daß die gelehrte Frau Pfarrerin ein geistreiches Gespräch aufbringe, von dem sie profitiren könnten. Endlich unterhielten sie sich halblaut über die nächstliegenden Angelegenheiten, bis sie allmälig in Eifer kamen und die gelehrte Frau vergaßen; die Männer hielten sich gesondert mit einer zufällig sehr materiellen Disputation. Der Pfarrer sah seine Frau immer schweigsamer, immer unverstandener in dem belebten Kreise sitzen, und fühlte sich selbst immer peinlicher, wo ihm sonst so wohl gewesen war. Frühzeitig brach er auf, Elise war sehr willig dazu, sie gingen aber lange schweigsam dahin, bis die Frau anhob: »Aber ich bitte dich, wie kannst du in solchen Kreisen Genuß finden, wo Männer einen ganzen Nachmittag vom Obstzehnten reden und Frauen von Hanf und Flachs!« – »Ich versichere dich, so ist es nicht immer, wir haben schon viele genußreiche, gemüthliche Unterhaltungen zusammen gehabt, aber je und je muß man sich auch über solche Dinge verständigen und sie sind oft nur die Brücke zu tieferen Lebensfragen. Du bist doch selbst ein Pfarrtöchterlein, bei euch daheim wird man auch nicht lauter druckfertige Dialoge gehalten haben.«

»Ich habe mir daheim schon die Freiheit genommen, mich von jeder gehaltlosen Unterhaltung zurückzuziehen, und das werde ich auch ferner thun.« – »Wäre es nicht freundlicher, wenn du in solche Gespräche eingingest und versuchtest, ihnen eine bedeutendere Wendung zu geben?« – »Danke, zur Reformatorin fühle ich mich nicht berufen, ich bin lieber allein mit meinen eigenen Gedanken.« – Arme Frau! deine eigenen Gedanken waren oft eine recht traurige Gesellschaft.

Bei jedem weiteren Versuch, Elisen mit dem geselligen Verkehr der Nachbarschaft zu befreunden, benahm sie sich so vornehm, empfing die Gäste unter ihrem eigenen Dache so kühl, daß das Pfarrhaus bald vereinzelt blieb. Gras wuchs im Hofe und Moos auf der ungastlichen Schwelle. Der Pfarrer, der keine Gastfreundschaft annehmen wollte, die er nicht erwiedern konnte, der sich auch vor bedauernden Blicken und Fragen fürchtete, beschränkte sich auf den geselligen Verkehr, der ihm je und je an öffentlichen Orten zugänglich war, und erst als sein Töchterlein heranwuchs, fühlte er wieder mit tiefer Herzensbitterkeit, wie freudlos und öde sein Haus sei, das nicht einmal dem Kinde Umgang mit gleich erzogenen Altersgenossen gestattete.

Julie fühlte diese Lücke nicht, sie tummelte sich fröhlich mit Bauernmädchen, die die »Pfarrjungfer« mit großer Liebe und Verehrung betrachteten. Der Vater gab sich zufrieden, als er beobachtete, wie kindlich harmlos und gutgesittet dieses fröhliche Treiben war; die Mutter aber, die ihre Kindheit nur mit Büchern, mit der süßen träumerischen Einsamkeit und dem geliebten Bruder getheilt hatte, fand in der Freude des Kindes an Spiel und Gespielen nur wieder einen Beweis ihrer untergeordneten Natur und ließ es gleichgültig gewähren. Die Mutter des Pfarrers faßte eine unaussprechliche Liebe für das Enkeltöchterlein; sie wohnte in einer kleinen Stadt, die immerhin mehr Gelegenheit zu Umgang und Unterricht für Julie bot, als das Dorf und das freudlose Elternhaus, und als die Mutter älter und hinfälliger wurde, entschloß sich der Pfarrer zu dem schweren Opfer, das Licht seiner Augen, die einzige Blume, die aus dem öden Boden seiner Häuslichkeit sproßte, ziehen zu lassen und sie der Mutter zu übergeben. Elise willigte ohne Widerstand ein; konnte sie doch nie hoffen, bei dem Kinde Sympathie für ihre Gefühle zu finden; fast fühlte sie sich erleichtert, als mit Julie das letzte Band entfernt war, das sie an die Gegenwart knüpfte, denn ihr Verkehr mit dem Gatten war allmählig ein so kühler und entfernter geworden, daß er keinen Theil mehr an ihrem innern Leben hatte.

So waren schon Jahre über das Pfarrhaus hingegangen. Wie das Schloß Dornröschens stand es versteinert und verwachsen, aber die Herzen drin schlummerten nicht in unverwelkter Jugend, die nur auf den erweckenden Kuß wartet; sie selbst wurden verwachsen und versteinert, selbst das Andenken an die Liebe ihrer Jugend stand in Elisens Herzen wie ein steinernes Grabmal, um das keine Rose blüht, das kein Grün umrankt, und nur in seltenen Stunden noch wachte das begrabene Leid auf und sah sie mit lebendigen Augen an.

In der Umgegend hatte man sich über das seltsame Haus, über das eigenthümliche Verhältniß des Ehepaars müde gesprochen, man ließ es stehen und gehen; nur der junge Vikar wurde bedauert, den sein Geschick und der Wille der Behörden unter dieses trübselige Dach führten, als ein anhaltendes Unwohlsein den Pfarrer nöthigte, sich nach einer Hülfe umzuschauen.

»Geben Sie acht, Sie versteinern in kurzer Zeit,« warnte man den jungen Mann. »Aus *dem* Haus trägt keiner eine lebendige Seele davon«. Wolker aber war ein junger Mann, für den eben das Ungewohnte einen gewissen Reiz hatte. Während einiger Jahre, die er als Hofmeister in einer edeln Familie und auf Reisen zugebracht, hatte er den Schulstaub abgeschüttelt und doch die Frische des Herzens und den Ernst der Gesinnung bewahrt, die so köstliche Mitgaben zu seinem heiligen Amte sind, und ihm bangte nicht für seine lebendige Seele.

Etwas ängstlich war ihm aber doch am ersten Abend seiner Ankunft zu Muthe, als er über den grasigen Hof schritt und, unkundig des Seiteneingangs, an der verrosteten Glocke der Vorderthüre zog, deren Ton gellend durch das schweigsame Haus schallte. Auch dem Pfarrer, der seit Jahren in stumpfer Gewohnheit das Joch seiner trübseligen Häuslichkeit trug, war es bange, einen Fremden einzuführen. Elisens erster Empfang war übrigens, neben allem Würdevollen, doch viel freundlicher, als er erwartet hatte. Sie ahnte wohl, welche Meinung der junge Mann von ihr mitbrachte, und war trotz der Versteinerung Frau genug, um zu wünschen, einen besseren Eindruck zu machen.

Bei Tische aber versank sie wieder in das alte Schweigen, während der Vikar sich in Betrachtung des schönen Mädchenbildes versenkte, das ihm noch lange nachher der einzige Lichtpunkt des Hauses blieb. »Sie waren Hofmeister?« unterbrach der Pfarrer die Stille. – »Ja, drei Jahre, in der Familie eines schlesischen Grafen,« erwiderte der junge Mann lebhaft. »Es war die reichste und segensvollste Zeit meines Lebens.« Eine eigenthümliche Bewegung lebte in den Zügen der Pfarrfrau auf, und der junge Mann, dem das Herz warm wurde in Erinnerung, schilderte beredt das schöne, edle Familienleben jenes Hauses, das reiche ausgebreitete Wirken des Grafen, die stille Liebenswürdigkeit der Gräfin, das schöne, innige Verständniß zwischen beiden Gatten, bis ihn endlich das Schweigen seiner Zuhörer zum Bewußtsein brachte, daß er wohl eine Taktlosigkeit begangen, indem er das Bild einer so glücklichen Häuslichkeit in einem Hause des Unglücks entwickelt hatte. Aber Elisens

Augen waren naß, als sie ihm gute Nacht sagte, und wie sie, von mannigfachen Gedanken bewegt, sich zur Ruhe legte, da hörte sie noch bis tief in die Nacht den Schritt ihres Mannes oben, der rastlos hin und her ging, aufgeregt von dem Bilde eines Glücks, das ihm kein verlorenes, ach, ein nie gefundenes Paradies war. Aber wenn sich der Gatte fragte: wie weit ist es meine Schuld, daß es so gekommen? so verschloß Elise ihr Herz den anklagenden Gedanken, die aufsteigen wollten, und sagte sich nur: und ein solches Leben hätte ich leben können, so reich, so selig! und sie wandte die Selbstanklage um in eine Anklage des Geschicks.

Der Vikar fügte sich allmählig dem Haushalt ein, und wenn er auch für seine einsamen Stunden und für freundlichen Verkehr nach außen seine lebendige Seele beibehielt, im Hause selbst kam bald, mit seltenen Ausnahmen, der Geist des Schweigens über ihn. Und doch kam ihm der Aufenthalt nicht so drückend vor, wie andre wohl glaubten; ein geheimnißvolles Interesse, das das schöne Bild vor allem wach erhielt, fesselte seine Phantasie und er glaubte sich nicht zu täuschen, wenn er in den steinernen Zügen der Pfarrfrau, in ihrem sonst so düsteren Blick doch hie und da etwas wie Interesse und Theilnahme für sich fand.

Aber viele Stunden gab es, wo er sich wie verzaubert in einem verzauberten Hause vorkam, und es berührte ihn recht angenehm, als der Pfarrer bei seiner Abreise zu der Mutter Begräbniß gelegentlich erwähnte, daß er seine Tochter mit nach Hause bringen werde. Wenn nun diese Tochter das Ebenbild der schönen Viktoria im Wohnzimmer wäre! Ein so holdseliger Engel, der *müßte* den Bann lösen, der auf dem Elternhause lag, und noch größere Wunder wirken. Er wagte aber nicht, während der wenigen Tage, die er mit der Pfarrerin allein war, ihrer Tochter zu erwähnen; wie leicht hätte sie seine Gedanken errathen können!

*

Elise hatte der Tochter Zimmerchen bereitet, den Koffer mit ihren theuren Reliquien in ihren Alkoven gestellt, sie hatte Trauerkleider besorgt und erwartete nun die Rückkehr des Gatten. Es regte sich doch ihr Mutterherz, als am dritten Tage nach des Pfarrers Abreise der Wagen vorfuhr und ein junges Mädchen in tiefer Trauer die Arme um ihren Hals schlang und in innigem Tone unter Thränen rief: »Mutter, liebe Mutter, jetzt gehöre ich euch allein!« Sie hatte ihr Kind lange nicht gesehen, und nun sie sie oben beim Kerzenlicht betrachtete, konnte sie sich noch gar nicht darein finden, daß das ihre Tochter sein solle. Keinen Zug hatte sie von ihr oder von dem seligen Bruder, dessen Namen sie trug. Der Vikar, der das Geräusch der Ankommenden gehört, fand es selbst recht kindisch, daß sein Herz so klopfte, als er zum Abendessen herabstieg; aber wie sehr fühlte er sich enttäuscht. wie gleichgültig wandte er sich nach höflichem Gruß von dem Bilde ab, das so gar nicht seinem Ideal entsprach! Nicht eine Idee von der hohen schlanken Gestalt, den goldblonden Locken, dem lilienweißen Teint und den tiefblauen Augen der Victoria im Bilde: ein blühendes, brünettes Gesichtchen, braune, unschuldige, runde Kinderaugen, mit dem bläulichen Weiß, das nicht durch Nachtwachen und Thränen, auch durch keine tiefen Studien vergilbt war, eine weiche, rundliche Gestalt, dunkle, gescheitelte Haare: »ganz wie das Jugendbild meiner Mutter!« versicherte der glückliche Vater. Das war dem Vikar ganz gleichgültig, was kümmerte ihn das Jugendbild der seligen Frau Bürgermeisterin? er hatte ein anderes, ein ganz anderes Jugendbild vor der Seele gehabt! Julie hatte sich gar kein Bild von dem Vikar entworfen, und kümmerte sich im jetzigen Augenblick wenig um ihn; sie fand es mehr störend als erfreulich, einen Fremden im Elternhause zu treffen, dessen Schatten sie längst vergessen hatte. Der Schmerz um den Tod der Großmutter, der erste ihres jungen Lebens, war ein so überwältigender, daß sie glaubte, gar nimmer recht froh werden zu können, und gleichgültig war gegen jede äußere Erscheinung.

Dieses Leid war nun schon beim Eintritt in's Elternhaus ein Band, das sie näher zum Vater als zu der Mutter zog. Elise hatte die Schwiegermutter gern gehabt, wie man so sagt, aber ihre Gegenwart in früheren Zeiten war ihr stets wie ein stiller Vorwurf gewesen, ihre ceremoniöse Höflichkeit war ihr langweilig, sie blickte nicht tief genug, um als Quelle derselben ein seines und liebevolles Gemüth zu erkennen, und so war ihr Leid um den Tod der alten Frau ein sehr vorübergehendes. Bei dem Vater aber goß Julie ihre ganze kindliche Trauer aus, sie wurde nicht müde, von der Großmutter zu erzählen, von ihrer Güte, von der Freundlichkeit, mit der sie die Fröhlichkeit der Jugend gefördert hatte, von ihrem sanften Tod, und der Vater wurde nicht müde, ihr zuzuhören.

Elise war nicht so gleichgültig gegen die Liebe ihres Kindes, wie es scheinen mochte; mit einem bittern Weh fühlte sie, wie Vater und Tochter sich zusammenhielten, aber sie war zu stolz gewesen, um etwas zu thun, ihres Gatten Liebe zu gewinnen, sollte sie nun werben um die ihrer Tochter? Stiller und kälter als je zog sie sich ab von Juliens schüchterner Zärtlichkeit, die ihr wie ein Almosen schien, das sie ihr zuwenden wollte; so wagte diese keine herzliche Annäherung mehr, und wieder war Elise »allein auf der Welt.«

Der Mutter kaltes zurückhaltendes Wesen lastete freilich als ein schwerer Druck auf Juliens offener Seele; der einsame Winter dünkte ihr, die an heitern Mädchenverkehr gewöhnt war, oft unerträglich lang. In der ersten Zeit paßte die Stille zu ihrer Trauer, aber Julie war jung, und ein junges Herz trägt nicht zu lange das Gewicht des Kummers, zumal wenn der Verlust ein so natürlicher ist. Sie machte sich zuerst bittere Vorwürfe, daß sich leise und allmählig so viel andere, junge, helle Gedanken in das dunkle Trauerstübchen ihres Herzens einschlichen, dann aber gedachte sie auch der Worte der sterbenden Großmutter: »Mußt dich nicht so um mich grämen, Kind; denke du an mich in Liebe und Freude, denke an mich, wenn du zum blauen Himmel aufsiehst, und nicht an mein dunkles Grab,« und sie ließ den Sonnenschein herein und hie und da hörte man wieder ein fröhliches Mädchenlied, wenn sie, wie sie Tags zehnmal that, die Treppen hinauf sprang zum Vater.

Der Vikar mochte nun braune Augen und rothe Wangen noch so gering schätzen, das mußte er sich doch gestehen, daß das junge Mädchen in das düstere Haus gekommen sei wie ein frisches Waldbächlein über ein dürres Heideland, und es geschah wohl je und je, daß sein Blick von den blauen Sternen der gemalten Victoria sich ans die runden klaren Kinderaugen wandte, in denen freilich noch keine Welt von Hoffnungen untergegangen war.

Julie war just nicht, was man eine poetische Natur nennt, sie hatte einen gesunden Blick für die praktische Seite des Lebens, die »Sehnsucht nach einem unbekannten Etwas« war ihr wenigstens nie zum Bewußtsein gekommen, und der Zauber einer Mondnacht hatte sie nie zu Thränen bewegt. Aber ihr ganzes Wesen war zu ursprünglich und frisch, als daß nicht die reinen Elemente der Natur, Licht und Luft, Blumen und Sonnenschein unbewußt auf sie gewirkt hätten. Der Vikar hatte sich freilich eine weibliche Seele viel sensibler, poesiereicher, zarter besaitet gedacht, aber Juliens vertrauensvolle Offenheit, die kein Mißverständnis; zuließ, ihre unverwüstliche gute Laune, ihre heitere Geschäftigkeit, was der Engländer *household virtues* nennt, fand er mehr und mehr liebenswürdig. Sein Arbeitszimmer stieß an das des Pfarrers; in die tiefsten Studien versunken, hörte er doch den elastischen Schritt auf der Treppe, den Ton der frischen Stimme, mit der sie irgend eine kleine Wichtigkeit zu verkünden hatte.

Unten freilich herrschte bei Tische meist noch das alte Schweigen, aber die starre Ordnung des Zimmers war unterbrochen durch ein zierliches Arbeitskörbchen, durch ein paar Blumentöpfe, welche Spuren einer jugendlichen Hand zeigten; auf Spaziergängen begleitete sie den Vater und der Vikar schloß sich natürlich mit Vergnügen an. Freilich hielt sich Julie bei jedem schmutzigen oder schreienden Kind auf, um ihm die Nase zu putzen, das Tüchlein fester zu binden und es zufrieden zu stellen, auch war sie bald auf dem Laufenden mit den Familienangelegenheiten der Nachbarn und konnte eine tiefsinnige Erörterung über das Wohl Deutschlands mit einer sehr praktischen Frage unterbrechen: »Wie wär's, Vater, wenn du dem Michel Geld vorstrecktest zu einem neuen Karren? Er könnte mit Fuhrwerken doch am meisten verdienen.« Aber in ihrer Prosa lag so viel Selbstloses und Liebevolles, daß man ihr die Gleichgültigkeit gegen tiefere Lebensinteressen wohl vergeben konnte.

Alle religiösen Zweifelsfragen, der Kampf der Geister, der damals, wie fast jeder Zeit, die geistige Welt bewegte, lagen ihr fern, mit demüthiger Kinderseele gab sie sich ihrer Bibel hin, nahm sich aus dem gepredigten Wort, was ihre Seele bedurfte, und konnte die Möglichkeit eines Zweifels gar nicht begreifen. Der junge Mann, der eben jetzt noch mit den Wogen rang, durch die zumal der Theologe sich durch: kämpfen muß, bis er sein Schifflein in die sichere Strömung gebracht, die zum rechten Port führt, hatte nie geahnt, wie unendlich wohlthuend ein solch klares, zweifelloses Gemüth für eine ringende Seele ist, und nun erst wurden ihm die Worte klar: So ihr nicht werdet wie die Kinder, so habt ihr keinen Theil an mir.

Und Julie? – nun, es zeigten sich durchaus keine Symptome geheimen Herzwehs bei ihr, keine stille Schwermuth, keine träumerische Zerstreutheit; nur fand man die Leibgerichte des Vikars auffallend oft auf dem Tisch – die Leitung der Küche hatte die Mutter ihr überlassen – und wenn sie den Vater zum Spaziergang abholte, pflegte sie wohl ein paarmal den Kopf zu drehen nach der Thüre des Vikars und auf der Treppe zu zögern. Wenn dieser nicht erschien, fragte der Vater: »Siehst du nach etwas?« und sie antwortete: »O nein, ich glaubte nur, deine Thüre sei nicht recht geschlossen. Meinte dann der Vater: »Der Vikar kommt uns vielleicht nach, er ist noch beschäftigt,« so sagte Julie äußerst gleichgültig: »Ja so, ich habe gar nicht an ihn gedacht,« und wenn die Mutter ein Mutterauge gehabt hätte, so hätte sie wohl je und je zu solchen Zeiten ihr tiefes Erröthen gesehen.

Es brauchte keinen langen Winter, bis der Vikar mit sich dahin in's Klare gekommen war, daß es Schade wäre, diese frische Blume daheim verkommen zu lassen, und daß sie, wenn keine poetische Geliebte, so doch eine recht liebe Hausfrau geben müsse; aber freilich, die Zeit war noch fern, wo er nach einer Hausfrau zu blicken hatte, und vor einer langen Brautschaft hatten ihn Papa und Mama daheim redlich verwarnt. Julie war noch jung genug, noch so jung, daß er wohl mit einer Werbung warten konnte; er hätte indessen doch gern gewußt, woran er mit ihr sei, aber eben das war schwer zu erfahren.

*

Der Frühling schien in diesem Jahre ungewöhnlich früh zu kommen, schon der Februar brachte so schöne, goldene, sonnenwarme Tage, daß man ihm gern alles Gute glaubte und der tückischen Märzfröste und Aprillaunen nicht gedachte. An einem dieser Tage sah der Vikar Julien in das seither so öde Hausgärtchen treten; flugs eilte er nach, heute mußte alles Eis thauen. »Welch herrlicher Tag!« fing er an, »die ganze Luft voll Frühlingsahnung.« – »Und so prächtig warm,« sagte Julie. – »Setzen Sie sich nicht in die Laube?« fragte Wolker; er hatte die zerfallene selbst wieder ein wenig zurecht gezimmert. – »O, was denken Sie! sehen Sie nur die Bank an!« rief Julie und öffnete die Gartenthür, die auf die Straße führte. »Geschwind, Michele, Jakobele, holt eine Hacke, ihr könnt das alte Eis aus dem Wege fortschaffen. Gretle, willst du einen Besen bringen und die Laube schön putzen? Im Sommer dürft ihr dann Stachelbeeren essen.« Und eine Schaar Freiwilliger aus der Nachbarschaft trat ein und begann unter Juliens Direktion den Garten zu reinigen; da mußte denn der Vikar sein aufquellendes Herz wieder zurückdrängen, und er stieg etwas verdrießlich in seine Stube. Von droben aber mußte er doch wieder herunter sehen und sich gestehen, daß Julie sich allerliebst ausnahm, wie sie in ihrer flinken, muntern Weise das unbeholfene Corps dirigirte, auch meinte er ein paarmal zu bemerken, wie sie gelegentlich ein klein wenig zu ihm hinaufblickte. Nun, die Welt ward schöner mit jedem Tag, der rechte Augenblick mußte schon noch kommen.

Ob Elise diesen keimenden Frühling in zwei jungen Herzen bemerkte, sah niemand; keine äußere Spur zeigte, ob nicht auch das Eis ihres Herzens zu brechen beginne. Es kamen die Märztage, in denen sie immer mehr noch als sonst sich von der Außenwelt abzog und versuchte, das steinerne Grabmal in ihrem Herzen mit neuen Blüthen zu schmücken, die der erstarrte Grund längst nicht mehr treiben wollte. In diesen Tagen verließ sie manchmal das Haus, um einsam hinaus zu gehen, ob sie draußen nicht Keime des erstorbenen Frühlings finden möge. Ein blauer schöner Märztag, noch schöner als jener im Februar, wo dem Vikar seine Erklärung mißlungen, hatte sie weit hinaus gelockt; sie kam durch den Obstgarten zurück, an den das etwas höher gelegene Hausgärtchen stieß, und setzte sich müde von dem ungewohnten Gang auf einen Stein. Da hörte sie über sich in der Laube Stimmen; es schien, Julie und der Vikar waren oben; sie konnte hier nicht bemerkt werden, sie lehnte sich an die Mauer und hielt sich still. »Liebe Julie,« bat Wolker, »wollen Sie nicht ein klein wenig aufhören zu arbeiten? Ich möchte Ihnen vielerlei sagen.« – »Kann ich's nicht auch mit dem Strickzeug hören?« fragte das junge Mädchen mit einem Ton, dem man innere Befangenheit anmerkte. – »Ich habe unerwartet eine freudige Nachricht erhalten,« fuhr der Vikar fort, »und Sie sollen die Erste sein, die sie erfährt. Mein edler Freund, Graf Arendsberg in Schlesien, schreibt mir heute, daß die Pfarre auf seinem Gut frei sei, daß er mir sie schon lange zugedacht: er ist auf einer Reise hier im Land und will in den nächsten Tagen meine Antwort abholen.« – »Das freut mich von Herzen für Sie,« sagte Julie herzlich, aber nicht mit ihrer gewöhnlichen Lebhaftigkeit. – »Julie,« begann der junge Mann wieder im Tone tiefer Bewegung, »Schlesien ist nicht so schön wie Ihr

Vaterland, aber das Pfarrhaus dort liegt wunderlieblich in Gärten und Bäumen, der Umgang mit der edlen Grafenfamilie könnte Ihnen an der Seite eines treuen Gatten die Heimath vielleicht etwas ersetzen, das Leben schön und freundlich machen: Julie, könnten, wollten Sie es mit mir theilen?«

Die lauschende Mutter unten hatte vergessen die Jahre voll Leid und Trauer, die zwischen jenem Märztag lagen und diesem; zum erstenmal fühlte sie mit ihrem Kinde, ihr Herz klopfte fast hörbar, athemlos horchte sie auf Juliens Antwort. Es gab eine lange Pause. »Ich will Sie nicht drängen,« sagte endlich Wolker in gekränktem Ton, »noch weniger Sie betrüben mit meiner Bitte. Sie haben mir nie Grund gegeben, ein tieferes Gefühl zu hoffen, ich darf mich nicht beklagen über ein Nein.« – »Sie müssen mich wohl verstehen,« sprach Julie mit bebender Stimme, die allmählig fest und klar wurde; »ich habe es im Leben und in Büchern nie ertragen können, wenn sich die Leute mißverstehen. Gott weiß es, daß ich Sie lieb habe von ganzem Herzen und mit Ihnen gehen könnte bis an's Ende der Welt. Aber« – unterbrach sie eine freudige Bewegung Wolkers – »ich kann Ihnen nicht folgen, ich kann meinen Vater nicht verlassen, so lange er lebt. Ich weiß wohl, was Sie sagen wollen,« fuhr sie traurig fort: »es ist der Mädchen Bestimmung, Vater und Mutter zu verlassen und mein Glück würde auch den Vater glücklich machen, aber er ist so allein. Ich weiß nicht, warum es so geworden ist zwischen den Eltern, aber so wie es ist, kann ich ihn nicht mehr allein lassen; der Vater bedarf Liebe, mehr als Sie wohl denken, und das kann ich ihm geben; darum ist mir's gewiß, daß es Gottes Wille ist, daß ich bei ihm bleibe. Und vielleicht kommt auch bei der Mutter eine Stunde, wo ihr Herz aufgeht, wo sie ihr Haupt gern an ihres Kindes Herz legen möchte und wo es ihr weh thun müßte, wenn ich so von ihr geschieden wäre, wie es jetzt ist.« Ihre Stimme brach in leisem Weinen. »Sie müssen nichts mehr sagen,« sagte sie sanft, »ich habe alles wohl bedacht und bin gewiß, daß es so recht ist. Sie müssen mir nicht böse sein, denken Sie an mich in Liebe und Freundlichkeit, Gott läßt Sie gewiß noch recht glücklich werden, und um mich seien Sie nicht bang. Ich kann hier nichts anders machen, aber ich kann die Eltern Beide lieb haben, und Gott wird mir Kraft geben und Freudigkeit.«

Es ward still; Julie entfernte sich langsam, Wolker folgte ihr, und lange, lange nachher erhob sich die Mutter aus ihrem tiefen Sinnen und ging in's Haus zurück. Julie saß an der Arbeit, emsig wie immer, und wandte die roth geweinten Augen nach dem Fenster; sie besorgte Küche und Keller wie sonst, sie vergaß keines der kleinen Bedürfnisse, die sie allmählig dem Vater abgelauscht, nur ihre Stimme klang nicht mehr so hell wie zuvor und über den klaren Kinderaugen lag es wie ein leichter Flor.

Das war das Kind, das die eigene Mutter gering geschätzt hatte, weil es nicht tiefen Geist, nicht hohe Gefühle zeigte nach ihrem Sinn! Noch zeigte das bewegungslose Antlitz der Mutter keine Spur davon, daß ein milder Thauwind durch ihre Seele zog, aber wenn sie allein war, saß sie nicht mehr unbewegt still, sie schritt rastlos hin und her und drückte in heftigen Bewegungen und Selbstgesprächen die Kämpfe ihrer Seele aus.

Der Vikar hatte dem Pfarrer die erfreuliche Kunde von seiner Anstellung mitgetheilt und dieser war erstaunt über die Ruhe und Kälte, mit der er ein so seltenes Glück aufnahm. Sein Vaterherz hatte wohl auch noch an eine Frage gedacht, die sich an eine solche Mittheilung knüpfen könnte, und mit einem leisen Gefühl der Enttäuschung sah er die jungen Leute so fremd und kühl neben einander hingehen. Oft drängte es Wolker, ihm sein Herz zu öffnen und um seine väterliche Fürsprache zu bitten, aber Julie hatte ihn so ernst und so herzlich gebeten, gegen den Vater zu schweigen, und so fügte er sich ihrer Bitte, aber er warf fast einen Haß auf das Ehepaar, dessen unnatürliches Verhältniß nun auch sein Lebensglück morden sollte.

Wenige Tage nach jener inhaltsschweren Stunde war Elise allein zu Hause; der Pfarrer hatte mit Julien einen großen Spaziergang unternommen, der Vikar war in die Residenz gereist, um dort vielleicht den Grafen zu treffen und seine Entlassung bei der Behörde zu betreiben. Elise saß in tiefe Gedanken versunken, Gedanken, die wie ein lange eingedämmter Strom in den trüben See ihres bisherigen Trübsinns eingedrungen waren und alles lang Versenkte vom tiefsten Grund aufwühlten. Sie hatte vor sich ihre Tagebücher liegen, von der ersten dämmernden Mädchenzeit bis zum Beginn ihres Ehestandes; länger hatte sie sie nicht fortgeführt. Sie las die hochfliegenden Phrasen, in denen sie ihre Hoffnungen von der Zukunft, ihre glänzenden Träume, ihre edeln Vorsätze ausgesprochen. Hoffnungsgrün wie ein junges Saatfeld hatte das Leben vor ihr gelegen; was war jetzt die Ernte? Sie las ihre Klagen um den geliebten Todten, ihr Gelübde, ihm ihr Leben, ihre ganze Seele als Todtenopfer zu weihen, Gelübde, die sie noch auf der Schwelle des Ehestandes wiederholt hatte. Sie hatte es gehalten; alle Thatkraft, alle Liebeskraft hatte sie von diesem Opferfeuer verzehren lassen, jetzt lagen um sie Trümmer und Asche, ihr eigen Herz war verkohlt, ihre Häuslichkeit verödet. Sie dachte darüber nach, wie sie ihres Kindes Glück noch möglich machen könne, das so still, so klagelos seines Herzens Wunsch entsagt hatte; aber sie wußte keinen Weg mehr zu finden an ihres Gatten Herz.

Ein rascher Zug an der Klingel unterbrach ihr düsteres Brüten. Ein Fremder, eine unerhörte Erscheinung hier, stand unten und trat bald mit vornehmem Anstand in's Zimmer, eine hochgewachsene Gestalt, ziemlich bleich, das Gesicht etwas entstellt von einer tiefen Narbe über die Stirn, die sich bis in ein erblindetes Auge zog, und doch lag etwas sehr Einnehmendes in diesen Zügen, im ganzen Wesen des Fremden. Elise aber fühlte sich seltsam befangen, von ihrer sonstigen ruhigen Sicherheit verlassen, und fuhr zusammen, als er anfing zu sprechen. Er stellte sich als Graf Arendsberg, den Patron Wolkers vor, den er selbst habe aufsuchen wollen, um mit ihm das Nöthige über seinen Eintritt in die neue Stelle zu besprechen.

Elise gab ihm Antwort, sein Blick aber war auf ihr Jugendbild gefallen, das er wie verzückt anstarrte, ohne auf sie zu hören. »Elise!« rief er endlich in tiefer Bewegung und blickte verwirrt auf die ältliche Frau vor ihm, die ihn fest und lange aus ihren großen blauen Augen ansah und endlich langsam mit bebender Stimme fragte: »Und Sie sind Oskar? und Sie leben?«

Elise war bleich und matt in einen Stuhl gesunken, der Graf bemühte sich um sie; befangen, ungewiß, welchen Ton er anzuschlagen habe, redete er sie als die Schwester seines theuren Freundes an, bat sie, sich zu beruhigen. Er fürchtete sich fast vor dem geisterhaften Blick dieser Augen, den sie keinen Augenblick vom ihm wandte. »Sie leben!« rief sie endlich mit herzzerschneidendem Tone. »Sie *haben* gelebt, während ich Ihren Tod beklagt habe mit unaussprechlichem Jammer! O mein verlorenes Leben!«

Der Graf führte sie zum Sopha, denn sie war wie zusammengebrochen; er bemühte sich, seine Seele zu fassen unter dem überwältigenden Eindruck dieses ungeahnten Wiedersehens. Er setzte sich ihr gegenüber und begann: »Wollen Sie mich ruhig hören, liebe Elise?« Sie sah ihn immer an und nickte stumm.

Der Graf begann: »Daß ich Ihrer nicht vergessen, das sagt Ihnen dieses Wiedersehen selbst. Als wir schieden an jenem Märzmorgen, da begleitete mich Ihr Bild als eine siegbringende Wallküre in Kampf und Schlacht; es schwebte vor meinem brechenden Blick als der Engel mit der Siegespalme, als ich an jenem unseligen Tage bei Kitzen an Ihres Bruders Seite, der noch aufrecht stand, niedersank. Eine tiefe dunkle Nacht deckte mir die Zeit nach jener Stunde, wo ich meine Seele Gott befahl und meine Augen zu schließen glaubte zur letzten Ruhe. Ich habe erst lange nachher erfahren, wie ein treuer Diener eines Oheims, der nach mir ausgesandt war, den Todtgeglaubten unter Leichen hervorgezogen und auf das Schloß seines Herrn gebracht. Mein Auge war verloren, mein Gehirn tief verletzt; so lag ich lange Zeit, abwechselnd bewußtlos oder rasend, wie es schien, für's Leben verloren. Da ich unter falschem Namen in's Lützow'sche Corps getreten war, wurde ich auch unter diesem in die Todtenliste getragen; der Name Falkenschwerdt steht noch neben dem Ihres Bruders auf einem Kriegsmonument.

»Nach vielen Wochen erwachte ich todesmatt unter der Pflege der Meinen, vor allen meiner Cousine Agnes, die als hülfreicher Engel an meinem Krankenbette ausgeharrt hatte. Agnes war durch den Wunsch unserer Eltern von jeher für mich bestimmt gewesen; aber jedem Zwang abhold, hatte ich mich bis jetzt immer von ihr abgewendet, da ihr stilles Wesen mir leer und unbedeutend schien. In den langen Tagen eines fast hoffnungslosen Siechthums, die meinem Erwachen folgten, lernte ich dieses Engelsgemüth kennen, das unverrückt in sanftem, stillem Geist seine Wege ging; ich entdeckte das reiche, innige Leben unter dieser ruhigen Außenseite, das seine Fülle und Kraft aus einer unversieglichen Quelle schöpfte.

»Ich hatte Sie nicht vergessen, Elise. Ihr jugendschönes Bild hatte mich in den wildesten Fieberträumen nicht verlassen; es tauchte mit dem ersten schwachen Lebensgefühl in meinem Bewußtsein auf, aber es stand mir in unermeßlicher dämmernder Ferne, weit, weit in nebelhafter Vergangenheit, so unerreichbar fern, wie meine Jugendkraft, mein Lebensmuth. Ich sprach zu Agnes von Ihnen, und ihre stillen Augen ruhten sanft und freundlich auf mir, wenn ich ihr von jenem Frühlingstag erzählte, aber es klang auch ihr fast wie ein Mährchen, das nicht zu verwirklichen ist.

»Endlich und endlich genas ich; ich freute mich der neu erstandenen Freiheit des Vaterlandes, aber thätige Theilnahme an seinem Geschick war mir nicht mehr möglich. Mein Vater, der noch im Staatsdienst war, wünschte, ich sollte unser Gut übernehmen; er sprach keine Wünsche wegen Agnes aus, ich selbst fühlte, daß sie mir unentbehrlich zum Leben geworden war, daß eben sie in der sanften Klarheit ihres Wesens meine stürmische Natur am besten ergänze, aber ich konnte doch noch nicht ohne Scrupel in meines Vaters Wünsche eingehen. – Elise, ich will ganz wahr sein: Ihre liebliche Erscheinung begleitete mich nur noch wie ein lichter Jugendtraum. Es war Agnes, die mich feierlich erinnerte, daß jenes flüchtige Wort am Scheidemorgen, unser Zusammenhang durch den Bruder doch von tieferer Bedeutung als ein Traum gewesen sei, und auf ihre Bitte stellte ich Nachfrage nach Ihnen an durch den Gesandten Ihres Vaterlandes, da ein Brief in Ihren Heimathort, dessen Namen ich mich nicht genau erinnerte, unbeantwortet geblieben war. Ich hörte, Ihr Vater sei gestorben und Sie verheirathet. Ob diese Nachricht ganz richtig war, oder ob sie der Gesandte nach meines Vaters Wünschen selbst ergänzt hat, weiß ich nicht; ich glaubte sie damals und wollte Ihre Ruhe, Ihr häusliches Glück nicht mehr stören. Agnes zögerte aber noch lange, die Meinige zu werden; erst als ich durch meines Vaters Tod ganz allein dastand, gab sie mir ihre Hand. Sie ist der gute Engel meines Lebens geblieben, Elisens Bild hat mich begleitet in unverwelklicher Schönheit und Jugend, und im Vollgefühl meines Glücks, meiner endlich wiedergekehrten Gesundheit habe ich oft Gott gebeten, auch den Morgenstern meiner Jugend zu segnen mit Friede und Freude, wie er mich gesegnet.

»Der Wunsch, einmal, nun unser Leben sich dem Abend zuneigt, wieder von Ihnen zu hören, Sie vielleicht noch einmal zu sehen, bestimmte mich zumeist, Ihr Land wieder zu besuchen. Ich hatte

Ihren Wohnort noch nicht erfahren können, als mich der Zufall jetzt eben zu Ihnen führte. Darf ich hoffen, daß auch Sie als Freundin meiner gedacht?«

»Als Freundin!« brach Elise, die ihm bis dahin lautlos zugehört, mit der lange verhaltenen Heftigkeit ihrer Natur aus, »als Freundin! Während du meiner gedacht in müßigen Stunden, warst du mein Morgen- und Abendgebet, mein Leben, mein Licht, meine Hoffnung, mein einziges Denken! Während *du* meiner vergessen hattest, oder an mich dachtest wie an ein kindisches Spielzeug, das du weggelegt, habe ich dich beweint mit einer Trauer, wie sie noch kein Frauenherz getragen! Während du um eine andere geworben und froh warst, daß du mich mit einer kühlen Nachfrage abgefertigt, habe ich alle Männer fortgestoßen, die mir nahen wollten! – Ich habe mich auch vermählt, es ist wahr, und ich habe es bereut tausendfach, mit heißen Thränen, aber ich war ein schutzloses Weib, und ich wählte einen Gatten, von dem ich hoffte, er solle als Freund meine Trauer theilen, mir helfen dein Andenken heilig zu halten. Nicht wie du habe ich gefreit, um des Lebens Lust zu genießen; als ich fand, daß mein Gatte mein Herz und meine Treue nicht verstehen konnte, habe ich mich verschlossen und abgewandt von ihm, mich verschlossen für jede Lebensfreude, selbst für das Mutterglück. Mein Leben war kein Garten, wie das deine, es war ein Friedhof, auf dem ich keine Blumen pflegte als die um dein Grab – und du hast gelebt und hast dich des Lebens gefreut!« – Elise hatte aufgerichtet mit gerötheten Wangen und funkelnden Augen gesprochen, nun sank sie wieder zurück, ihr weiblicher Stolz erwachte mit bitterem Gefühl, daß sie ein vergessenes, verschmähtes Herz so offen dargelegt, und mit tonloser Stimme sagte sie: »Verzeihen Sie, Herr Graf, einen so unwillkürlichen Ausbruch längst vergangener Gefühle; ich bitte, lassen Sie mich allein.«

»Ich lasse Sie nicht allein,« sprach der Graf mit tiefer Bewegung. »Gott vergebe mir meine Schuld an Ihrem zerstörten Dasein, das einst so herrlich aufgekeimt war! Ob das lange, schwere Siechthum, das meine Kräfte gebrochen, – ob doch eine Unbeständigkeit meines Herzens die Schuld trägt, daß die erste Liebe meiner Jugend, die Liebe Eines Tages, – ob dieß daran Schuld ist, daß die Liebe meiner Jugend nicht mit der alten Kraft aus dein Sturm hervorgegangen – ich weiß es nicht; aber Wohl hätte ich ernster die Bedeutung jedes

Wortes aus jener Zeit erwägen und kein neues Band schließen sollen, ehe ich selbst gesucht, Sie wieder zu finden, ehe es zwischen uns ganz klar und wahr geworden wäre. Es war vielleicht eine mir unbewußte Falschheit meines Herzens, daß ich mich mit der Nachricht von Ihrer Vermählung so leicht zufrieden gab. So weit die Schuld mein ist, will ich sie tragen, und wo ich kann, mit Gottes Hülfe sühnen. Aber wenn ich Ihnen nicht treu war, Elise, so war ich es meinem Gott; ich war es den heiligen Gelübden meiner Jugend, ich war es jedem ernsten und erhabenen Gefühl, das uns damals zusammengeführt, ich habe an Sie geglaubt und an Ihren Werth. Als ich hörte, Sie seien vermählt, da glaubte ich, daß Sie dem Manne, den Sie gewählt, ein gutes und treues Weib sein werden, treu in Ihren tiefsten innersten Gefühlen, und daß der Gedanke an die Liebe Ihrer Jugend erhebend und läuternd Sie begleiten werde, wie er mich begleitet hat. Ich habe an Sie gedacht, an die Stunde, wo unsere Herzen sich eins gefühlt in Einem Glauben, in Einer Hoffnung, in Einer jugendlichen Begeisterung, und wenn mir mit Gottes Hülfe gelang, mein Haus zu einer Wohnung des Friedens zu machen, das edle Herz zu beglücken, das sich mir zu eigen gegeben, Segen zu bringen in die Hütten der Armen, ein männlich Wort zu sprechen für die Rechte des Volks – da dachte ich auch an Sie, die Sie in Ihrem Kreise nach gleichem Ziele streben werden, und bat Gott, baß er Ihr Streben segnen möge, und ich hoffte, daß eine Stunde kommen werde, hier oder dort, wo wir uns wieder sehen und Jedes dem Andern sagen dürfte: ich bin deiner werth geblieben. So aber wie heute habe ich mir unser Wiedersehen nie gedacht.«

Elise hatte ihr Gesicht mit beiden Händen verhüllt; heiße, bittere Thränen quollen dazwischen hervor. Endlich sah sie ihn an mit ihren verweinten Augen, nicht mit dem alten starren Ausdruck, und sagte leise: »Ich bitte Sie, lassen Sie mich jetzt allein.« – »So können und dürfen wir nicht scheiden. Elise, ich will gehen, wenn Sie wollen, aber erlauben Sie nur, wieder zu kommen?« – Elise nickte. – »So reise ich jetzt ab. Wollen Sie Wolker sagen, daß ich wieder kommen Werde, weil ich ihn verfehlt? Darf ich hoffen, daß wir uns noch einmal freundlich begegnen?« Elise gab ihm schweigend die Hand; er schied zögernd.

Es war eine schwere Stunde für Elise, die sie nun durchkämpfte, eine Stunde bitterer Reue und Selbstanklage. Der Schleier der

Selbsttäuschung war zerrissen und ihr ganzes verfehltes Leben, das zerstörte Glück ihres Gatten, ihres Kindes, das Feld, das ihr der Herr zum Bauen gegeben und das sie wüste gelassen, das reiche Pfund, das er ihr anvertraut und das sie in finsterem Trotz begraben, das alles erhob sich zu schwerer Anklage gegen sie, und sie war der Verzweiflung nahe, als sie immer wieder und wieder denken mußte: »Zu spät! zu spät!« Aber es ist ein heiliges Vorrecht des Menschen, sich selbst zu richten, und aus dem heißen Kampf der Neue und Buße ging ihr der Stern der Vergebung, des Trostes auf.

Sie zog sich zurück, ehe ihr Mann und Julie zurückkehrten; es war das nicht das erstemal. Sie brauchte Einsamkeit, um fertig zu werden mit ihrem Herzen. Ihr Stolz war gebrochen, sie fühlte sich fast glücklich im Gefühl tiefer Demüthigung. Auf Glück hoffte sie nimmer, das hatte sie unwiederbringlich verscherzt. Einst hatte es wohl eine Zeit gegeben, wo es an ihr gewesen wäre, einen innern Einklang, ein Verstehen mit ihrem Gatten möglich zu machen. Dazu war es jetzt zu spät; aber sie wollte sich demüthigen vor ihm, sie wollte seinem Willen leben, sich geduldig und gehorsam fügen seinen Wünschen, seinen Eigenheiten, und auf dem Wege gänzlicher Hingabe, stiller Verläugnung Frieden suchen und Vergebung.

Es war Nacht; Julie hatte sich zur Ruhe gelegt, der Pfarrer schritt einsam in seiner Studierstube auf und ab, wie er schon so manche Nacht gethan. Da öffnete sich leise die Thür. »Du bist's?« fragte er auf's Aeußerste erstaunt, als seine Frau über die Schwelle schritt. »Ich habe noch mit dir zu reden,« sagte Elise mit weicher, sanfter Stimme, wie er sie fast nie von ihr gehört. Sie stellte das Licht auf den Tisch und setzte sich. Ihm war ganz bange, eine alte Furcht tauchte in ihm auf, er glaubte, sie sei irre.

»Unsere Julie und der Vikar haben einander lieb,« hob sie an, immer noch unsicher, wie sie anknüpfen sollte. – »Nun, wenn das ist, warum erklärt er sich nicht?« fragte der Pfarrer. – »Er hat sich erklärt,« fuhr Elise fort, »Julie aber hat ihn abgewiesen.« – »Warum denn? Das einfältige Kind!« – »Julie will dich nicht verlassen, weil sie fürchtet, dein Abend werde zu öde und einsam und dein Sterbebett verlassen, wenn du mit mir allein bleibst. Und da wollte ich dich fragen« – fuhr sie leise mit bebender Stimme fort – »ob du nicht doch das Kind ziehen lassen und es mit mir allein versuchen wolltest? Ich möchte mit Gottes Hülfe gut machen, was ich so lange versäumt. Ich weiß wohl, du kannst mich nicht mehr lieb haben, aber –«

Ihre Stimme brach; der Pfarrer eilte zu ihr, er nahm ihre Hand, er richtete ihr gesenktes Haupt auf und sah ihr voll und herzlich in die Augen: »Und wer sagt dir das? Weißt du nicht, daß ich all mein Lebenlang Niemand geliebt habe als dich? Weißt du, wie manche einsame Stunde ich mit dem Schmerz gerungen, daß du mein, und doch mir verloren seiest, und weißt du, daß ich dich doch lieb behalten habe? Aber meine Schuld ist, daß ich dich in frühern Tagen nicht genug, nicht so selbstlos geliebt habe, um dir Zeit zu lassen, mit deinem Herzen in's Klare zu kommen. Ich wollte dich zu eigen haben, ehe dir selbst die rechte Freudigkeit gekommen, und das war eine Versündigung an der Ehe und an dir. Was mir sonst noch fehlt an Poesie und Phantasie« – fuhr er in seinem alten gutmüthigen Ton fort – »da weißt du wohl, mußt du eben mein Lebenlang Geduld mit mir haben und manchmal an meine Liebe glauben, ohne zu sehen.«

Lange, bis tief nach Mitternacht saßen die Gatten beisammen. Ein Gefühl von Frieden und Klarheit, wie sie es nie gekannt, in den seligsten Zeiten ihrer Jugend nicht, zog in Elisens Seele ein, als sie so an ihres Gatten Seite saß, das Haupt an seine Schulter gelehnt, ihre Hand in der seinen, als sie in seine guten treuen Augen sah und ihm alles, alles enthüllen konnte, was in den langen Jahren ihr Gemüth verdüstert, ihr Leben bedrückt hatte. Und sie fand hier so viel mehr, als sie gehofft und geglaubt hatte; sie fand sich geliebt, nicht als eine Idee, sondern ganz und gar so wie sie war; eine Liebe fand sie, die ihr treu geblieben war durch so viele Jahre der Verdüsterung, die sie und ihr ewiges Wohl auf dem Herzen getragen hatte, auch wo sie nichts als Kälte erfahren, und sie legte sich endlich zur Ruhe, so matt und so selig wie ein Kind, das nach langem, langem Umherirren sein Vaterhaus gefunden.

Der Vikar kam zurück; er hatte den Grafen nur einen Augenblick gesprochen, aber ihn, wie er sagte, sehr verändert gefunden, so unruhig, so bewegt; er hatte aber versprochen, ihn noch einmal hier zu besuchen. Elisens Blicke und ihres Mannes begegneten sich mit einem halben Lächeln. Ein tiefes Erröthen, das auch die Matrone gut kleidet, zog über ihr Gesicht, und Julie, die zufällig diese Blicke bemerkte, blieb starr vor Erstaunen. Ueberhaupt wußten die zwei jungen Leute nicht, was mit den zwei alten vorgegangen war. Zwar waren beide, zumal Elise, schüchtern wie eine junge Braut; so selten als zuvor richtete sie in Anderer Gegenwart ein Wort an ihren Gatten, aber der Ton war ein so ganz anderer.

Sie fuhr zusammen, wenn Jemand eintrat und eben ihre Hand in der des Mannes lag, ein Julien unerhörter Anblick. Dann hatte die Mutter alle Augenblicke etwas zu fragen in des Vaters Stube und der Vater etwas vergessen in der Wohnstube, und einmal – nein, sie täuschte sich nicht – hatte sie die Beiden zusammen laut lachen gehört, als die Mutter einen Knopf an des Vaters Rock nähte, eine nie gehörte Musik im Pfarrhause zu Düsterfeld.

Auch dem Vikar, wenn er gleich seltener auf dem Schauplatz war, entging dieses Thauen des Eises und vor allem die fast überfließende Heiterkeit des Pfarrers nicht, und er wagte es auf einem gemeinsamen Gang, Juliens Gebot zu übertreten und dem Vater sein Herz zu öffnen, natürlich ohne ihrer Weigerung zu erwähnen. »Wollen einmal sehen, was meine Frau dazu sagt,« sprach der Pfarrer gutgelaunt und führte ihn in die Wohnstube.

Da saßen Mutter und Tochter, fast so still wie sonst, aber in den bewegten Blicken, mit denen sie sich zu Zeiten betrachteten, ließ sich ahnen, daß das Eis gebrochen sei und der erste Sonnenstrahl die Blumen wecken könne. »Was meinst du, Elise,« begann der Pfarrer in einem Ton, der Julien wie ein Traum dünkte, »der neue Herr Pfarrer von Arendsberg thut unserer Julie die Ehre an, um sie zu werben; willst du der Kleinen zureden?«

Julie erhob tief erröthend die Augen schüchtern zu der Mutter; ermuthigt durch den Blick, der ihr hier entgegen kam, flog sie auf, schlang die Arme um ihren Hals und verbarg ihr Gesicht an ihrer Brust. »Nun, Kleine, was bist du gesonnen?« fragte der Pfarrer. »Uns würde es freilich schwer, dich so weit ziehen zu lassen, aber die Mutter und ich, wir wollten's in Gottes Namen wieder allein mit einander probiren.«

Elise wand sich erröthend aus dem Arme des Gatten, der sie umschlingen wollte, und ließ ihm die Hand; und die zwei jungen Leute?

Nicht länger blieben sie stehen,
Eins von dem Andern fern:
Und was nun war' geschehen,
Das wüßtet ihr wohl gern.

Wer's aber nicht selbst erlebt hat, der kann sich's doch nicht recht vorstellen, und wer's erlebt hat, der weiß es noch ganz gut.

*

Nach zehn Tagen kam der Graf wieder, etwas bange, mit schwerem Herzen. Er konnte nicht recht klar mit sich werden, wie er denn mit Elisen sprechen sollte, und wie mit ihrem Gatten, und doch wollte er nicht so von ihr scheiden, wie er geschieden war. Er ließ wieder den Wagen in der Schenke und betrat klopfenden Herzens das Pfarrhaus. Aber siehe, da hieß es: »Der Winter ist vergangen und der Regen ist weg und dahin, die Blumen sind hervorgekommen, der Lenz ist herbeigekommen, und die Turteltaube läßt sich hören im Lande.« Er wußte nicht, träumte er jetzt, oder hatte er früher geträumt, als er die hochgewachsene stattliche Matrone so friedlich und freundlich bei ihrem Gatten auf dem Sopha sitzen sah, wie sie Beide mit vergnüglichem Lächeln das junge Paar betrachteten, das eifrig flüsternd am Fenster tiefe, hochwichtige Geheimnisse verhandelte.

Er wurde vom Pfarrer mit großer Achtung und Herzlichkeit empfangen, wußte dieser doch, wie viel er ihm und seinem offenen Worte zu danken hatte, von Elisen etwas schüchtern und befangen; es ist nicht leicht, nach einem so bedeutungsvollen Begegnen die Brücke zum gewöhnlichen Verkehr zurück zu finden; – aber ihr ganzes Wesen, das stille Friedenslicht, das in ihren Augen aufgegangen war, sagte ihm alles, und das Beste, was er wünschen konnte zu wissen. Julie, die er mit Freuden als seine künftige Pfarrerin begrüßte, that ihr Bestes, um in der Bewirthung des verehrten Gastes zu zeigen, daß sie trotz ihrer Jugend schon zur Hausfrau befähigt sei. Die Nachbarn blieben erstaunt vor dem Pfarrhaus stehen, als sie Fenster und Laden geöffnet sahen, um die milde Frühlingsluft einzulassen, und von oben fröhliche Stimmen und lautes Lachen hörten.

Beim Abschied reichte Elise, dem Grafen die Hand und sagte leise: »Ich habe Frieden gefunden. Bitten Sie Ihre Agnes, daß sie meinem Kinde eine Mutter sein möge.« Und er schied von dem versöhnten Hause getrost und freudig, mit innigem Dankgebet.

Julie ist mit ihrem Gatten in seine neue Heimath gezogen und hat in der Gräfin eine zweite Mutter gefunden. Elise wünschte zuerst, daß ihr Mann sich einen neuen Berufsort suchen möge, aber sie fügte sich seinem Willen, der Gemeinde, in der sie so lange ein Stein des Anstoßes gewesen, nun auch das Bild eines friedlichen, freundlichen Pfarrhauses zu geben. Der Garten steht nun in Blüthen, um die bedeutungsvolle Laube sind Rosen gepflanzt, das Ehepaar trinkt dort seinen Kaffee und der Pfarrer raucht seine Pfeife; durch die hellen Fenster des Hauses scheint die Sonne und der begraste Hof ist abgetreten von den Schritten gemüthlicher Gäste, die sich ganz allmälig dem neu aufgegangenen Sonnenschein nachgezogen haben. Der wunderbare Wechsel im Pfarrhaus hat gar viel zu reden gegeben. Die allgemeine Annahme ist, daß er das Werk des Töchterleins sei; die Bauerweiber meinten, wie die jungen Leute so vergnügt gewesen, habe es die Alten »gekeit« und sie haben es auch nachgemacht. Elise aber sagt einfach: »Der liebe Gott hat gut gemacht, was ich schlimm gemacht hatte.«

Über tredition

Eigenes Buch veröffentlichen

tredition wurde 2006 in Hamburg gegründet und hat seither mehrere tausend Buchtitel veröffentlicht. Autoren veröffentlichen in wenigen leichten Schritten gedruckte Bücher, e-Books und audio-Books. tredition hat das Ziel, die beste und fairste Veröffentlichungsmöglichkeit für Autoren zu bieten.

tredition wurde mit der Erkenntnis gegründet, dass nur etwa jedes 200. bei Verlagen eingereichte Manuskript veröffentlicht wird. Dabei hat jedes Buch seinen Markt, also seine Leser. tredition sorgt dafür, dass für jedes Buch die Leserschaft auch erreicht wird.

Im einzigartigen Literatur-Netzwerk von tredition bieten zahlreiche Literatur-Partner (das sind Lektoren, Übersetzer, Hörbuchsprecher und Illustratoren) ihre Dienstleistung an, um Manuskripte zu verbessern oder die Vielfalt zu erhöhen. Autoren vereinbaren direkt mit den Literatur-Partnern die Konditionen ihrer Zusammenarbeit und partizipieren gemeinsam am Erfolg des Buches.

Das gesamte Verlagsprogramm von tredition ist bei allen stationären Buchhandlungen und Online-Buchhändlern wie z. B. Amazon erhältlich. e-Books stehen bei den führenden Online-Portalen (z. B. iBookstore von Apple oder Kindle von Amazon) zum Verkauf.

Einfach leicht ein Buch veröffentlichen: **www.tredition.de**

Eigene Buchreihe oder eigenen Verlag gründen

Seit 2009 bietet tredition sein Verlagskonzept auch als sogenanntes "White-Label" an. Das bedeutet, dass andere Unternehmen, Institutionen und Personen risikofrei und unkompliziert selbst zum Herausgeber von Büchern und Buchreihen unter eigener Marke werden können. tredition übernimmt dabei das komplette Herstellungs- und Distributionsrisiko.

Zahlreiche Zeitschriften-, Zeitungs- und Buchverlage, Universitäten, Forschungseinrichtungen u.v.m. nutzen diese Dienstleistung von tredition, um unter eigener Marke ohne Risiko Bücher zu verlegen.

Alle Informationen im Internet: **www.tredition.de/fuer-verlage**

tredition wurde mit mehreren Innovationspreisen ausgezeichnet, u. a. mit dem Webfuture Award und dem Innovationspreis der Buch Digitale.

tredition ist Mitglied im Börsenverein des Deutschen Buchhandels.

Dieses Werk elektronisch lesen

Dieses Werk ist Teil der Gutenberg-DE Edition DVD. Diese enthält das komplette Archiv des Projekt Gutenberg-DE. Die DVD ist im Internet erhältlich auf **http://gutenbergshop.abc.de**

FSC
www.fsc.org

MIX

Papier | Fördert
gute Waldnutzung

FSC® C083411

Zeitfracht Medien GmbH
Ferdinand-Jühlke-Straße 7
99095 Erfurt, Deutschland
produktsicherheit@kolibri360.de